FANTASTIC ORIENTAL HEROES

임영기 新무협 판타지 소설

등룡기 2

임영기 新무협 판타지 소설

초판 1쇄 찍은 날 § 2014년 4월 21일
초판 1쇄 펴낸 날 § 2014년 4월 28일

지은이 § 임영기
펴낸이 § 서경석

편집부장 § 권태완
편집책임 § 박가연

펴낸곳 § 도서출판 청어람
등록번호 § 제387-1999-000006호
등록일자 § 1999. 5. 31
어람번호 § 제2-2485호

주소 § 경기도 부천시 원미구 부일로 483번길 40 서경B/D 3F (우) 420-822
전화 § 032-656-4452팩스 § 032-656-4453
http://www.chungeoram.com
E-mail § chungeorambook@daum.net

ISBN 979-11-5681-984-4 04810
ISBN 979-11-5681-982-0 (세트)

騰龍記
등룡기
임영기 新무협 판타지 소설
FANTASTIC ORIENTAL HEROES
2
추격대(追擊隊)

目次

第十一章

죽일 수 있을 때 죽여라

등롱기

녹상은 방현립의 방에 들어가기 전에 실내에 두 사람이 있는 기척을 감지했다.

숨소리와 심장박동, 그리고 기도(氣道)로 상대의 무위(武威)를 측정하는 것은 무림인들이 널리 사용하는 기본적인 오랜 방식이다.

녹상은 실내에 있는 두 명 중에서 한 명은 빠듯한 일류고수 수준이고, 다른 한 명은 그에 조금 못 미치는 수준으로 간파했으며, 아마 방현립이 아들이나 제자와 같이 있는 것이라고 짐작했다.

[들어갈까?]

녹상의 전음에 그녀에게 업힌 도무탄은 굳은 표정으로 가만히 고개를 끄떡였다.

전각으로 들어오기 전에 녹상은 도무탄에게 특수한 귀식대법(龜息大法)을 전개했었는데 현재 그는 숨도 쉬지 않을뿐더러 심장도 뛰지 않는 상태이며 그렇게 최장 일각 동안 버틸 수 있다.

무림인이라면 대부분 귀식대법을 전개할 수 있지만 타인에게 전개할 수 있는 능력을 지니고 있는 사람은 결코 흔하지 않다.

만약 사전에 이렇게 손을 쓰지 않았다면 방현립 가까이 접근하지 못할 것이다.

방문 밖에서 도무탄을 내려주면 그 기척을 실내에서 감지할 것이기에 녹상은 그냥 도무탄을 업은 상태에서 거침없이 문을 열고 실내로 들어갔다.

척—

녹상은 방현립이 자신보다 하수라고 판단하여 조금도 긴장하지 않았으며, 도무탄은 복수를 한다는 생각에 피가 들끓을 뿐이지 그 역시 긴장하지 않았다.

그런데 녹상은 실내로 들어간 순간 움찔하며 그 자리에 얼어붙었다.

실내 한가운데 놓인 큼직한 탁자에 네 사람이 둘러앉아 있는데 그중에 두 명이 승려였다.

도무탄은 그들 두 명의 황의 가사를 입은 승려를 보는 순간 소림사 무승, 즉 추격대일 것이라고 직감했다.

그리고 그 순간 그는 자신을 업고 있는 녹상의 몸이 딱딱하게 경직되는 것을 느꼈다.

녹상의 반응으로 미루어 저기 앉아 있는 두 명의 승려는 추격대가 분명했다.

도무탄은 재빨리 소림무승 맞은편에 앉은 두 사람을 쳐다보다가 얼굴이 돌처럼 굳었다. 방현립과 그의 큰아들 방태보(方台輔)였다.

방현립과 방태보는 녹상에게 업혀 있는 도무탄을 발견하고 크게 놀라는 표정을 지었다.

그런데 도무탄은 소림무승이 한밤중에 이곳에 와 있을 줄은 전혀 예상하지 못했었다.

지난 십여 년 동안 한 번도 실망시킨 적이 없었던 도무탄의 머리는 어떠한 상황에서라도 빠르게 회전했다.

며칠 전에 궁효가 보고한 내용 중에 소림무승 두 명이 산예문에 찾아와서 태원성에서 영향력 있는 인물들이 누군지에 대해서 물었다고 했었다.

그중에 도무탄도 있었지만 진권문주인 방현립을 비롯한

세 명이 더 있었다.

도무탄은 궁효에게 처음 그 보고를 받았을 때 소림무승들이 녹상을 찾을 수 없게 되니까 그녀가 태원성에서 영향력 있는 누군가의 도움을 받아서 흔적을 지우고 잠적했을 것이라고 대뜸 추측했었다.

그러니까 소림무승들은 방현립을 찾아와서 녹상에 대해서 묻고 있는 것이 분명하다.

하지만 방현립이 녹상을 알고 있을 리가 없으니 소림무승들은 아무것도 건지지 못했을 것이다.

잠시 후에는 소림무승들이 돌아갔을 텐데 그전에 도무탄과 녹상이 들이닥쳤다.

조금 전에 녹상은 실내에 두 사람이 있다고 감지했는데 소림무승의 존재는 감지하지 못했다. 그들이 일체의 기척을 감추고 있었기 때문이다. 그 정도로 소림무승들은 대단한 존재인 것이다.

지금 상황에서 중요하면서도 다행스러운 점은 소림무승들이 녹상을 알아보지 못할 것이라는 사실이다.

"너……."

그때 방현립이 도무탄을 손가락질하면서 크게 놀라며 벌떡 일어서고 큰아들 방태보도 혼비백산한 얼굴로 허둥지둥 일어섰다.

도무탄이 녹상에게 내려달라는 신호를 보내자 그녀는 움찔하며 그대로 가만히 서 있었다.

그녀는 소림무승들이 자기를 알아보지 못할 것이라고 생각하면서도 그들을 이 장이라는 가까운 거리에서 대면하고는 반사적으로 경직된 것 같았다.

척!

도무탄은 스스로 몸을 꿈틀거려 바닥에 내려서서 의도적으로 녹상과 소림무승들 사이에 서서 벽이 된 상태에서 방현립과 방태보를 쳐다보며 말문을 열었다.

"오랜만이오."

그것은 방현립에게 하는 말이지만 녹상에게 전하는 암시이기도 하다.

즉, 소림무승들은 널 알아보지 못하니까 안심해도 좋다는 뜻이다.

과연 그의 암시는 녹상을 안정시키는 데 좋은 효과를 보였다. 그녀는 현재 자신의 모습이 중년의 녹향이 아닌 십 대 녹상이라는 사실을 재확인하고 그에 어울리는 꼿꼿한 자세를 취했다.

"너… 오랜만이구나."

방현립은 소림무승 때문에 도무탄에게 '너 살아 있었구나' 라고 말하지 못했다.

도무탄이 짐작한 것처럼 이들 두 명의 소림무승은 십팔복호호법의 셋째이며 세 명의 분장승 중 한 명인 정공과 그가 지휘하는 분에 소속된 문공(雯空)이라는 무승이다.

정공과 문공은 방현립이 너무 바빠서 그동안 계속 만나지 못하고 여러 차례 약속만 잡았다가 오늘 밤에야 겨우 만나게 되었다.

그렇지만 십팔복호호법의 두뇌인 정공이 직접적으로 그리고 간접적으로도 이리저리 찔러봤지만 방현립은 녹향에 대해서 아는 것이 전혀 없었다.

그래서 막 일어서려는 참에 도무탄과 녹상이 불쑥 들이닥친 것이다.

한 자루 검을 멘 아담하고 육감적인 체구의 예쁜 여자가 자기보다 체구가 두 배 가까이 큰 잘생긴 청년을 업고 들어온 모습이 조금 이상하기는 하지만, 방현립의 손님일 것이라고 생각한 정공과 문공은 자신들이 관여할 바가 아니라고 판단했다.

방현립은 일단 소림무승들을 빨리 보내는 것이 좋겠다고 생각했다.

자신이 주도하여 태원성 최고 부호인 무진장을 죽이고 그의 재산을 가로챈 일을 소림무승들이 알아서 좋을 게 없기 때문이다.

어쩌면 도무탄이 소림무승들을 붙잡고 도와달라고 하소연할 수도 있는데 그렇게 되면 일이 꼬인다. 그러기 전에 서둘러 소림무승들을 보내는 게 좋다.

"두 분이 찾고 있는 녹향이라는 사람에 대해서 도움을 드리지 못해 미안하오."

방현립이 포권을 해보이며 정중히 말하는 것은 이제 그만 가달라는 완곡한 동작이다.

그것을 모를 리 없는 정공과 문공은 동시에 일어나 왼손을 펴서 세우고 불호를 외웠다.

"아미타불… 방 시주의 협조에 감사드리오."

정공과 문공은 문 쪽으로 걸어가면서 도무탄을 슬쩍 쳐다보는 짧은 순간에 예리하게 그를 살폈다.

처음 보는 도무탄이 녹향하고 관계가 있을 것이라고는 생각하지 않지만, 녹향을 추격하기 시작한 이후 삼 년 반 동안 아무리 평범하게 보이는 사람이라고 해도 무심히 지나치지 않고 반드시 살펴야 한다는 것은 십팔복호호법들의 보편적이면서 중요한 일과가 되었다.

그러나 정공이 보기에 도무탄은 무공의 '무' 자도 모르는 것이 분명했다.

무공을 배운 사람은 눈에 정광(正光)이 일렁이게 마련인데 그는 전혀 그렇지 않았다.

정공은 지나치는 길에 소녀도 살피고 싶었으나 도무탄이 가로막고 있어서 보이지 않았다.

그래서 방태보가 열어주는 문으로 먼저 나간 문공을 뒤따라서 나가려는데 갑자기 뒤가 저리는, 즉 뒷골이 당기는 느낌을 받고 재빨리 그쪽을 돌아보았다.

그 순간 소녀와 눈이 딱 마주쳤다. 어째서 그 순간 소녀가 정공과 문공을 쳐다봤는지 모를 일이다.

방에 있던 사람이 나가면 자연스럽게 시선이 가는데 그런 것일 수도 있다.

그나저나 정공이 보기에 소녀는 역시 처음 보는 얼굴이고 의심이 갈 만한 점이 없다.

그런데 정공하고 눈이 정면으로 마주치자 소녀의 눈빛이 가볍게 흔들렸다.

단지 그것뿐이다. 소녀는 다시 고개를 돌렸고 정공은 문 밖으로 나왔으며 방태보가 정중히 고개를 숙였다.

"그럼 멀리 나가지 않겠습니다."

방태보의 목소리를 듣고 어디선가 진권문 제자 한 명이 나타나서 정공과 문공을 밖으로 안내했다.

방현립은 어색하게 웃으면서 도무탄에게 천천히 다가오며 두 팔을 벌려 보였다.

"무탄 자네, 도대체 어떻게 된 일인가? 그동안 어디에 있었나?"

도무탄으로부터 매월 은자 십만 냥씩 꼬박꼬박 녹봉처럼 타서 쓰던 방현립은 잠깐 사이에 평정심을 되찾았다.

"우리가 자넬 얼마나 찾아 헤맸는지 아는가?"

도무탄이 아무것도 모르고 있는 상황이라면 방현립의 말을 믿을 것이다.

방현립은 도무탄의 얼굴에 한 겹의 살얼음이 깔린 것 같은 것을 보고 그가 이미 모든 것을 다 알고 있다는 사실을 깨달았다.

방현립은 지금 당장에라도 도무탄과 소녀를 죽일 수 있다고 자신하지만 도대체 어떻게 해서 그가 살아 있는 것인지 너무 궁금해서 그것을 알아낸 후에 죽이려고 잠시 살심(殺心)을 접어두었다.

녹상은 두 명의 소림무승이 별다른 의심을 하지 않고 나갔다는 사실에 적잖이 안도했다.

그래서 그제야 손을 뻗어서 도무탄의 뒷목과 오른쪽 가슴, 왼쪽 옆구리의 혈도 등 다섯 군데를 재빨리 눌러서 귀식대법을 풀어주었다.

귀식대법이 전개된 상태에서도 움직이고 말할 수는 있으나 원활하지가 못하다.

그녀가 혈도를 풀어주는 동안에도 방현립과 방태보는 보고만 있었다.

"후우……."

도무탄은 한숨을 크게 내쉬며 방현립과 방태보가 어떻게 하는지 조금 더 지켜보기로 했다.

방현립의 장남 방태보는 성격이 난폭하고 거만하기로 태원성에 소문이 자자했었다.

그럼에도 불구하고 예전에 도무탄과 친해지기 위해서 일곱 살이나 적은 그의 친구를 자처하고 궂은일을 도맡아 하는 등 매사에 많은 양보를 했었다. 물론 그 이유는 도무탄이 태원성 최고 부호이기 때문이다.

그렇지만 지금은 일부러 그럴 필요가 없다고 생각해서 당장에라도 목을 비틀 것처럼 거칠게 행동했다.

"너 죽은 게 아니었느냐?"

이렇게 제 발로 다시 나타나 주었으니까 다시 한 번, 이번에는 확실하게 죽여줄 수도 있다는 뜻으로 들렸다.

도무탄은 구역질나게 가식적으로 행동하는 방현립보다는 거침없이 적의에 찬 감정을 드러내는 방태보가 오히려 더 편하게 여겨졌다.

방현립은 장남이 산통을 깨고 있지만 구태여 꾸짖으려고 하지 않고 그에게 맡기려는 듯 팔짱을 끼면서 두 걸음 뒤로 물러섰다.

도무탄은 권혼심결 일 초식을 미리 운공조식해 두었으므로 지금 오른팔에는 가공한 힘이 실려 있다.

그는 며칠 전부터 그 힘에 대해서 혼자 생각할 때에 스스로 권혼력(拳魂力)이라는 이름을 붙였다.

단지 생각뿐이지만 자꾸 권혼력이라고 하다 보니까 좋은 이름처럼 여겨졌다.

그는 오른팔에 팽배해 있는 권혼력을 제일 먼저 방현립에게 사용하고 싶었다.

그가 이 사건의 배후 주범이고 그의 자식들은 나뭇가지이기 때문이다.

도무탄은 방현립을 비롯한 방씨 일가와 진권문에게 정말 많은 은혜를 베풀었는데 결국 그들은 그것을 지독한 배신으로 되갚았다.

그런 자들을 죽이지 못한다면 도무탄은 평생 아무것도 하지 못할 것이다.

그런데 방태보가 도무탄 앞으로 바싹 다가서면서 노골적으로 적의를 드러내는 것을 보고는 지금 같은 상황에서는 누굴 먼저 죽여야겠다는 식의 여유를 부리는 것이 현명한 일이 아니라는 생각이 들었다.

사실 도무탄이 아무리 천신권의 권혼을 소유했으며 또한

권혼력을 사용할 수 있다고 해도, 천상옥화처럼 대단한 고수를 물리칠 수 있는 확률은 거의 없다고 봐야 한다.

그렇기 때문에 그 당시에 벌어졌었던 일은 기적에 가까웠다고 할 수 있다.

그가 발휘할 수 있는 것이라곤 오른팔에 깃들어 있는 가공한 힘뿐이다.

단지 그것뿐 빠르지도 않을뿐더러 어떤 초식이나 변화를 구사하지도 못한다.

그러니까 그가 오른팔을 제대로 발휘하여 공격을 성공시키려면 상대를 최대한 방심하도록 만들어야 하고 더불어서 가까이 접근해야만 한다.

그리고 무조건 한 방에 성공시켜야지 그러지 못하면 외려 도무탄 자신이 당하고 말 것이다.

그러므로 그가 천상옥화 독고지연에게 회심의 한 방을 먹여서 도망치게 만들 수 있었던 것은 기적에 가까운 일이었다고 할 수 있다.

"너 도무탄, 때마침 잘 나타나 주었다. 내 말 좀 들어봐라 무탄. 해룡방이 새로운 방주의 말을 들어먹지 않아서 속을 태우고 있었다."

방태보는 도무탄 한 걸음 앞에 우뚝 서서 건들거리며 조소하는 듯한 미소를 흘렸다.

그의 말인즉 해룡방이 매일의 수입을 천보궁으로 가져오지 않는다는 뜻이다.

그것에 대해서 도무탄은 궁효에게 보고를 들어서 이미 잘 알고 있으며 따로 조치를 취하기도 했다.

해룡방주인 도무탄이 모든 것을 방아미에게 일임한다는 서찰 한 장을 남긴 채 훌쩍 떠났다고 하면 해룡방의 내, 외상단이 고분고분 말을 들을 것이라 예상했었는데 전혀 그러지 않았다.

도무탄을 죽이고 가짜 서찰 한 장만 만들면 될 것이라고 일을 너무 쉽게 생각한 탓이다.

그래서 서두르지 말고 시간을 두고 이런저런 방법을 구사하든지 아니면 잘 구슬리거나 협박을 하면 원만하게 해결되리라 생각했는데 이제는 해룡방의 알맹이, 즉 내, 외상단이 통째로 어디론가 사라져 버리고 말았다.

척!

방태보는 도무탄 왼쪽 어깨에 오른손을 얹고는 얼굴을 가깝게 가져가 이마로 그의 이마를 툭툭 치거나 비비는 것처럼 문지르기도 했다.

"무탄아, 해룡방의 내, 외상단이 새로운 해룡방주인 아미에게 매일매일 상납을 잘하도록 네가 도와준다면 고맙겠다. 그래준다면 네가 원하는 것을 다 들어주마."

그렇게 말을 하면서도 방태보는 영리함이 하늘에 닿아 있는 도무탄이 자신의 말을 듣지 않을 것이라는 사실을 잘 알고 있었다.

그래서 이제부터는 슬슬 무력을 사용하여 협박을 해야겠다고 마음먹었다.

방현립과 방태보로서는 도무탄이 살아서 자신의 눈앞에 다시 나타나 준 것이 정말 고마운 일이다.

그들은 해룡방을 송두리째 삼키려고 그 일을 꾸몄던 것인데 해룡방의 알맹이인 내, 외상단이 사라져 버린 지금으로썬 그 계획이 실패했다고 할 수밖에 없기 때문이다.

문득 방현립은 조금 다른 생각을 하고 있었다. 도무탄이 지금까지 살아 있는 것도 이상하지만, 그가 겁도 없이 여기까지 당당하게 쳐들어왔다는 사실에 대해서 의심을 하기 시작했다.

그는 빠르게 눈동자를 굴리면서 도무탄과 녹상을 자세히 살펴보았다.

하지만 그들이 자신들에게 위험한 짓을 할 것이라는 생각은 전혀 들지 않았다.

바로 그때다. 자신의 눈앞에서 깝죽거리면서 비위를 건드리고 있는 방태보의 태도에 도무탄이 참지 못하고 결국 일을 벌였다.

"죽어라! 이 개자식아!"

자신의 왼쪽 어깨에 손을 얹고 있는 방태보의 가슴을 향해 번개 같은 속도로 오른 주먹을 뻗은 것이다.

하지만 그것은 순전히 도무탄의 관점에서 봤을 때 번개 같은 속도인 것이다.

방태보는 아무것도 하지 않는 상태에서 단지 도무탄을 쳐다보고만 있다.

천상옥화처럼 다른 행동을 취하면서 온통 허점을 드러내 놓고 있는 상황이 아니다.

싸움에서는, 특히 생사를 내건 상황에서는 바로 그것이 무엇보다 중요하다.

방태보는 천상옥화에 비해서 형편없는 수준이지만 지금 그는 아무것도 하지 않고 있다는 사실이 중요하다.

그것은 빈틈인 것처럼 보이지만 사실은 그렇지가 않다. 달리 말하면, 아무것도 하고 있지 않기 때문에 언제라도 반격을 취할 수 있다는 것이다.

방태보가 지난 이십오 년 동안 부친으로부터 엄격하게 권법을 배운 것은 결코 장난이 아니었다.

그 덕분에 그는 진권문에서 제이인자로 군림할 수 있는 것이다.

"엇?"

방태보는 도무탄의 느닷없는 공격에 가볍게 놀랐다. 설마 그가 선제공격을 할 줄은 추호도 예상하지 못했었다.

그것은 계란으로 바위를 치는 죽으려고 환장한 행동이니까 말이다.

바로 이 절호의 상황에서 방태보는 단순한 길로 가지 않고 바보 같은 선택을 해버렸다.

그냥 아주 간단하게 발로 도무탄의 사타구니를 걷어차든가 주먹으로 아무 곳이나 가격했다면 간단하게 끝낼 수 있는 일이다.

그런데 그는 재미있는 상황, 즉 휘둘러 오고 있는 도무탄의 오른 주먹을 정통으로 맞추어서 그의 주먹을 으깨어 버리자는 생각을 순간적으로 한 것이다.

그렇게 해서 도무탄에게 주먹을 함부로 휘두르면 어떻게 되는지 멋진 교훈을 남기고 싶었다.

그리고 그가 고통스러워하면서 데굴데굴 구르면 해룡방내, 외상단이 어디로 잠적했는지 고문을 해서 알아내는 것도 나쁘지 않을 터이다.

평소에 그는 싸움에 임할 때 진지한 태도를 견지하는 것으로 정평이 나 있다.

그런데 하필 지금 이 순간에 갑자기 평소에는 하지 않는 이따위 장난을 하고 싶어진 것인가.

이런 것을 보면 '운명' 이라는 것은 지각(知覺)을 지니고 있는 하나의 생명체임이 분명하다.

또한 사람이 잘되는 꼴을 절대로 보지 못하는 비뚤어진 심성을 갖고 있을 것이다.

딱!

"으악!"

방현립, 심지어 당사자인 방태보 자신도 그 처절한 비명이 도무탄의 입에서 터진 것이라고 생각할 정도로 믿어지지 않는 일이 벌어졌다.

두 주먹이 정통으로 부딪치는 순간 방태보의 오른 주먹은 완전히 으깨어졌다.

또한 손목 위의 팔뚝 뼈가 부서지면서 위로 치고 올라가 어깨 뒤로 빠져나가면서 오른팔이 어깨 아래쪽만 남게 되었고 피가 확 뿜어졌다.

스릉!

"가만히 있어."

방현립이 깜짝 놀라서 움직이려는 순간 어느새 녹상이 그의 앞으로 미끄러져 다가가면서 뽑은 검의 검첨으로 목을 찌를 듯이 겨누며 나직한 목소리로 위협했다.

"흑!"

녹상처럼 어린 소녀가 이처럼 뛰어난 무위를 지니고 있을 줄은 조금도 상상하지 못했던 방현립은 목이 뜨끔한 것을 느끼며 몸이 나무토막처럼 뻣뻣하게 굳었다.

"끄으으… 으아악!"

방태보는 피투성이가 된 오른팔 어깨를 부여안고 바닥을 데굴데굴 구르면서 처절한 비명을 터뜨렸다.

"문주님! 무슨 일이십니까?"

"괜찮으십니까? 사부님?"

문 밖이 소란스러워지더니 제자들의 고함 소리가 어수선하게 들렸다.

도무탄은 버둥거리는 방태보의 입을 발로 밟고는 자근자근 짓뭉갰다.

"아가리 닥쳐라."

"끄으으……."

녹상은 아무 말도 하지 않았으나 검첨을 조금 움직여서 방현립의 목에서 피가 흐르게 하여 그로 하여금 선택의 여지가 없도록 만들었다.

"음… 별일 아니다. 물러가라."

마당을 가로질러 진권문의 전문으로 향하던 정공은 문득 뚝 걸음을 멈추고 뒤돌아보았다.

"사형."

문공도 방금 진권문주의 거처 쪽에서 처절한 비명 소리가 터지는 것을 듣고 얼굴이 굳어져서 정공을 쳐다보았다.

이 비명 소리의 원인은 진권문 내부의 일일 가능성이 매우 크다.

하지만 그것이 녹향에 관한 것일 수 있는 확률이 단 일 푼만 된다고 해도 절대로 외면할 수가 없는 것이 추격대의 일이기도 하다.

정공은 자신들을 안내하고 있는 진권문 제자를 과연 어떻게 설득해서 진권문주의 거처로 되돌아가게 할 것인지를 궁리했다.

방현립은 녹상이 내밀고 있는 검첨에 목이 약간 찔려서 피를 흘리고 있지만 아픔을 전혀 느끼지 못했다.

검첨이 목을 찌르고 있는데도 고개가 자꾸만 도무탄과 방태보 쪽으로 향했다.

그쪽을 보지 않고는 배길 수가 없다. 아들의 안위도 중요하지만 도대체 무슨 일이 벌어지고 있는지 궁금해서 견딜 수가 없는 것이다.

그는 도무탄이 과연 무슨 수로 방태보의 오른팔을 짓이겨 놓았는지 너무도 궁금했고 또 이해가 되지 않았다.

방현립이 알고 있는 도무탄은 머리가 지나칠 정도로 영리하지만 주먹질은커녕 칼을 쥐어줘도 무조차 베지 못하는 젬병이었다.

그런 그가 방금 전에 방태보의 주먹을 정면으로 쳐서 으깨어놓고는 쓰러진 그의 입을 발로 짓밟고 있는 것이다.

도무탄은 방태보를 밟고 서 있는 동안 권혼심결 일 초식을 재빨리 운공조식하여 세 호흡만에 다시 오른팔에 권혼력을 채웠다.

그는 서두르지 않고 되도록 천천히 마음껏 이 복수를 즐길 생각이다.

자다가 이유도 모른 채 괴한들에게 세 군데 칼에 찔리고 차가운 강물에 던져져서 가라앉으며 애끓게 느꼈던 절박함과 절망감을 이들에게도 느끼게 해줘야 한다.

그러므로 간단하게 죽여주는 자비 따위를 베풀 생각은 눈곱만큼도 없다.

"너… 무탄… 어떻게 된 거냐?"

방현립이 검첨에 찔린 목에서 피를 흘리면서 도무탄을 보려고 애쓰며 물었다.

슥-

도무탄은 오른손으로 방태보의 목을 움켜잡고 지푸라기처럼 가볍게 들어 올리면서 녹상에게 말했다.

"상아, 한 번만 더 지껄이면 저자 목에 구멍을 내줘라. 단,

죽이지는 마라. 내 손으로 죽여야 하니까."

"킬킬킬… 구멍 서너 개쯤 내놔도 되지?"

"좋을 대로 해라."

녹상이 검신의 넓적한 쪽으로 방현립의 양 뺨을 장난스럽게 철썩철썩 때리며 입가에 잔인한 미소를 머금었다.

도무탄은 녹상이 더 잔인하게 굴어서 방현립의 혼을 빼놨으면 좋겠다고 생각했다.

하지만 그녀는 방현립의 몸에 구멍을 내거나 더 이상의 잔인한 짓은 않았다.

도무탄은 지금 심정 같아서는 방현립과 방태보를 진권문 밖으로 끌고 나가서 자루에 무거운 돌과 함께 담아 매란교에서 분수 강으로 던져 버리고 싶었다.

그렇게 해야지만 자신이 맛보았던 절망감을 이들도 똑같이 느낄 수 있을 테니까 말이다.

하지만 지금 상황에서는 그게 불가능하다. 방현립과 방태보 말고도 죽일 놈이 세 놈 더 있기 때문에 시간을 오래 끄는 것은 좋지 않다.

그 세 놈이 바로 그날 밤에 도무탄을 찌른 괴한이고, 방현립의 두 아들과 한 명의 수제자다.

궁효의 보고에 의하면 아들 둘 차남과 삼남은 이곳 진권문에 있고, 수제자는 천보궁에 있다고 했다.

"끄으으… 이 개자식……."

퍽!

"윽!"

그런데 그 순간 도무탄에게 목이 잡혀 있는 방태보가 몸부림치듯이 허우적거리다가 발길질로 도무탄의 복부를 호되게 걷어찼다.

"죽여 버리겠다. 이 새끼……."

도무탄을 덮쳐가는 방태보는 눈을 허옇게 뒤집고 부드득 이를 갈았다.

도무탄은 복부가 끊어지는 듯한 통증을 느끼면서 바닥에 나뒹굴었다.

그는 방태보가 진권문의 이인자라는 사실을 잠시 망각하고 있었다.

그의 오른팔을 짓뭉개 놓고 목을 움켜잡고 있으면 꼼짝 못할 줄 알았다.

도무탄은 오른팔을 한 번 사용할 수 있는 위력이 남아 있지만 방금 걷어채인 복부가 지독하게 고통스러워서 숨도 제대로 쉴 수가 없다.

"끄으으……."

그래서 방태보가 저돌적으로 달려드는 것을 뻔히 보면서도 어쩔 도리가 없다.

지금처럼 위급한 상황에 만약 녹상이 도와주지 않는다면 그는 방태보의 손에 죽을 수밖에 없을 것이다.

그래서 그는 싸움에 대해서 매우 중요한 사실 한 가지를 깨달았다.

싸움 중에는 터럭만 한 실수라도 곧바로 죽음으로 직결된다는 것. 그래서 정신을 바짝 차리고 있어야 한다는 것.

그리고 절대로 방심하거나 상대를 과소평가해서는 안 된다는 것.

싸움을 시작하기 직전이나 도중에는 온 정신을 집중하고 있어야 한다는 사실이다.

그것이 뼈저린 교훈이 되려면 지금 이 절박한 순간에서 그가 죽지 말아야 한다.

죽어버리면 교훈이 아니라 한 번의 실수가 곧장 죽음으로 이어진 경우가 되고 만다.

"우라질 새끼!"

부웅!

극도로 분노한 방태보는 짓쳐오는 기세를 빌어 허공으로 붕 떴다가 내려꽂히면서 도무탄의 얼굴을 향해 왼 주먹을 무지막지하게 휘둘렀다.

저기에 맞는다면 도무탄의 머리는 필경 부서져서 즉사하고 말 것이다.

그래서 도무탄은 이래 죽으나 저래 죽으나 매한가지인데 발악이나 해보자는 심정으로 방태보를 향해 힘껏 오른 주먹을 휘둘렀다.

팍!

"큭!"

그때 측면에서 무언가 반짝이는 물체가 빛처럼 날아와서 허공에 엎드린 자세로 떠 있는 방태보가 전력으로 휘두르고 있는 왼 팔뚝에 깊숙이 꽂혔다.

꿍!

방태보의 왼 팔뚝에 꽂힌 것은 한 자루 단검이며 그것이 그의 팔을 끌고 날아가서 벽에 꽂혔다.

그 바람에 방태보는 왼팔이 벽에 달라붙어서 비스듬히 매달린 자세가 돼버렸다.

도무탄이 위험한 상황에 처하자 녹상이 왼손으로 재빨리 품속에서 단검을 꺼내 던진 것이다.

그런데 방현립은 그녀가 한눈을 판다고 판단하여 그 순간을 놓치지 않고 상체를 슬쩍 뒤로 쓰러뜨리는 것과 동시에 오른발로 위진풍각술(威震風脚術)이라는 수법을 전개하여 맹렬하게 녹상의 가슴을 짓쳐갔다.

위잉!

과연 태원성 제일고수다운 빠르고도 위력적인 발차기가

허공을 갈랐다.

"이놈이 죽으려고 환장했구나!"

그러나 녹상이 냉랭하게 꾸짖지 않더라도 방현립은 그녀를 과소평가한 것이 분명했다. 그녀는 방현립보다 최소한 두 단계 정도는 고수인 것이다.

사삭!

그녀의 가슴을 향해 자신이 가장 자랑하는 권각술 중 하나인 위진풍각술을 전개한 방현립은 흐릿한 은빛 반원 한 줄기가 자신이 뻗은 오른발을 스치는 것을 발견하고 눈을 크게 떴다.

그것은 그가 태어나서 처음 봤을 정도의 쾌속한 빠르기였으며 그는 그로 인해서 자신이 필경 낭패를 당할 것이라고 본능적으로 직감했다.

녹상의 가슴을 향해 뻗은 방현립의 오른발은 허공을 차는 것과 동시에 무릎 위쪽이 뎅겅 잘라져서 분리되었다.

그의 직감이 적중했다. 어째서 나쁜 직감은 반드시 적중하는 것인지 모를 일이다.

"어……."

쿵!

방현립은 오른발 무릎 아래를 잃고 균형을 잃은 채 바닥에 쓰러지면서도 믿을 수 없다는 듯한 표정으로 눈을 커다랗게 뜨고 있었다.

이상하게도 고통은 조금도 느껴지지 않았다. 고통보다는 불신이 훨씬 더 컸다.

"오빠, 이놈 그냥 내가 죽이면 안 돼?"

탁탁!

녹상이 검의 넓적한 면으로 쓰러진 방현립의 머리를 북처럼 두드리면서 귀찮다는 듯 아미를 찌푸렸다.

"끙… 기다려. 그놈은 내가 죽인다."

태원성 최고 고수인 방현립은 자신을 두고 녹상과 도무탄이 서로 죽이겠다고 하는 모습을 보면서 지독한 모멸감을 맛보았다.

도무탄은 왼팔로 복부를 쓸어안고 힘주어 일어나서 발이 바닥에서 한 자쯤 떠서 벽에 매달려 있는 방태보에게 비틀거리며 다가갔다.

그는 반드시 죽여야 할 상대라면 한시라도 빨리 죽이는 것이 무조건 이롭다는 사실을 방금 전에 깨달았다.

죽여야 할 상대를 조롱하려면 자신이 그보다 훨씬 월등해야만 한다. 그게 아니라면 그 즉시 죽여야지만 나중에 해를 입지 않는다.

"으으… 살려줘……."

오른팔을 잃고 왼 팔뚝에 단검이 꽂혀서 벽에 매달려 있는 방태보는 버둥거리면서 도무탄을 보고 눈물을 흘리며 징징 우는 소리로 애원했다.

도무탄은 조금 전에 그에게 복부를 걸어 채인 충격으로 입에서 흐른 피를 닦으며 눈살을 찌푸렸다.

"죽는 게 무서운 놈이 어째서 날 죽이려고 했느냐?"

"으으… 잘못했다… 나는 아버지가 시키는 대로 했다……. 아버지가 모든 것을 꾸미고 명령했다……."

잘못을 부친 탓으로 돌리는 방태보를 보면서 기분이 더러워진 도무탄은 이들에게 뉘우침을 바라는 것이 무리라는 사실을 깨달았다.

하기야 이들이 뉘우치면 조금쯤 마음의 위안은 되겠지만 살려줄 것도 아니다.

그는 아무 말도 하지 않고 오른팔을 슬쩍 뒤로 젖혔다가 방태보의 얼굴을 향해 냅다 휘둘렀다.

쾅!

"큭!"

그의 주먹이 방태보의 얼굴을 으깨고 벽에 구멍까지 뻥 뚫어버렸다.

요란한 비명 소리도 없었다. 마치 호박 한 덩이가 땅에 떨어진 듯한 소리와 손으로 입을 막은 숨죽인 듯한 웃음소리가 흘렀을 뿐이다.

"흐으……."

오른발을 잃은 상태에서 바닥에 쓰러져서도 녹상이 검을 겨누고 있는 바람에 꼼짝도 하지 못하는 방현립은 자기가 보고 있는 가운데 머리가 박살 나서 즉사하는 장남 방태보를 보면서 몸을 부들부들 떨었다.

아무 생각도 없다. 이런 극한 상황에서 뉘우침이나 후회 같은 것이 생길 리 만무하다. 그런 것이 생기려면 이보다는 조금 더 느슨해야만 할 것이다. 지금 샘물처럼 솟구치는 것이 있다면 오로지 공포뿐이다.

도무탄은 피범벅인 오른손을 천천히 거두었다. 비로소 자신이 살인을 했으며 복수의 첫 발을 내디뎠다는 실감이 스멀스멀 피어났다.

좌악!

쿵!

방태보 왼팔에 꽂힌 단검을 뽑자 그의 몸뚱이가 묵직하게 바닥에 무너졌다.

한 번 살인을 하고 나더니 도무탄의 얼굴이 예전에는 지어본 적이 없는 살벌한 얼굴로 변했으며 마음은 더욱 차가워졌다.

저벅저벅…….

묵직하게 방현립을 향해 걸어가면서 그의 얼굴에 소름끼

치는 살얼음이 퍼석퍼석 깔렸다.

그것은 살인을 해본 자의 살기 어린 표정인 동시에, 두 번째 살인을 하기 직전의 흥분된 모습이다.

도무탄은 걸음을 멈추고 방현립을 굽어보면서 권혼심결 일 초식을 운공조식 하여 다시 한 번 권혼력을 일으켰다.

"으흑… 여보게 무탄… 도대체 왜 이러는 건가? 뭔가 오해를 하고 있는 것 같네……."

방현립은 부들부들 떨면서 슬픈 목소리로 말했다. 어쩌면 그는 자신이 흐느끼면서 울고 있다는 사실을 모르고 있는 것 같았다.

두 손을 싹싹 빌면서 용서를 빌어도 시원치 않을 마당에 방현립은 도무탄이 오해를 하고 있다며 발뺌을 하고 있어서 도무탄의 살심에 활활 부채질을 해댔다.

[아까 떠난 자들이 다시 돌아오고 있어. 빨리 죽여.]

녹상이 문 쪽을 힐끗 쳐다보면서 전음으로 재촉했다. 아까 떠난 자들이라면 두 명의 소림무승이다. 아마도 비명 소리를 듣고 돌아오는 모양이다.

이 상황에서 도무탄은 또 한 가지 사실을 깨달았다. 죽일 수 있을 때 죽여라. 마찬가지로 뭐든지 할 수 있을 때 하라는 것이다.

그는 방현립 머리맡에 한쪽 무릎을 꿇고 앉아서 그의 얼굴을 굽어보며 살벌한 표정을 지었다.

"네 딸년과 다른 아들들, 그리고 수제자를 곧 뒤따라 보낼 테니까 멀리 가지 말고 기다려라."

"으흐흐흐… 무탄아! 이봐! 기다려!"

빼걱!

방현립이 눈물을 쏟으면서 절규를 터뜨리는데 도무탄의 주먹이 콧등을 찍어버렸다.

第十二章

저승까지 이어지는 정사(情事)

등롱기

왈칵!

문이 거칠게 열리면서 정공과 문공이 방현립의 방 안으로 들이닥쳤다.

"읏……."

확 끼쳐오는 지독한 피비린내에 문공은 소매로 입을 막지만 정공은 상관하지 않고 재빨리 실내를 살폈다.

정공은 방 한가운데와 벽 아래에 머리가 박살 나서 죽은 두 구의 시체가 입고 있는 옷을 보고 그들이 진권대협 방현립과 그의 장남인 방태보라고 판단했다.

또한 정공은 아까 자신들이 나갈 때 봤던 일남일녀가 보이지 않는 것으로 미루어 그들이 방현립과 방태보를 죽였을 것이라고 짐작했다.

정공과 문공을 안내했던 진권문 제자는 두 구의 시체가 누구라는 것을 알아보고는 혼비백산하여 비명을 지르며 복도를 달려갔다.

"사형, 이들의 죽음이 녹향하고 상관이 있다고 생각하시는 겁니까?"

문공은 눈살을 찌푸리면서 정공의 뒤를 따르며 이건 시간 낭비 하는 게 아니냐는 듯이 물었다.

정공은 시체 옆에 쪼그리고 앉아서 상처 부위를 자세히 살피면서 반문했다.

"사제는 숙소에 돌아가면 뭘 할 생각인가?"

"씻고 자야죠."

"그러느니 이 일을 좀 조사해 보는 것이 낫지 않겠나?"

"하긴 그렇군요."

일각 후에 정공과 문공은 방현립과 방태보가 죽어 있던 전각에서 그리 멀지 않은 다른 전각 안에서 다른 두 구의 시체 앞에 있었다.

그곳에 있는 진권문 사람의 말에 의하면 비명 소리가 나서 달려와 보니까 아들이 이미 죽어 있었으며 다른 사람은 없었다는 것이다.

이곳에서 죽은 두 구의 시체는 진권문주의 차남과 삼남이며 같은 방에서 둘 다 똑같이 머리가 박살 난 상태로 끔찍하게 죽어 있었다.

방현립과 장남 방태보의 시체를 충분히 잘 살펴보았던 정공은 이곳에서 다시 차남과 삼남의 시체까지 살펴보고 나서 두 가지 결론을 얻었다.

네 사람 모두 주먹에 의해서 머리가 박살 나서 즉사했으며, 한 사람의 소행이라는 사실이다.

이 부분에서 정공은 헷갈렸다. 그는 아까 방현립의 방에서 봤던 일남일녀가 이들 네 명을 죽인 흉수일 것이라고 짐작했다.

네 구의 시체에는 각기 검에 찔리거나 베인 상처가 있지만 그것이 사인(死因)은 아니다.

직접적인 사인은 주먹으로 머리를 박살 낸 것인데 그런 잔인한 수법을 통상적으로 여자는 즐겨 사용하지 않는다.

아까 그 여자, 아니, 소녀는 어깨에 검을 메고 있었으며 아마도 그녀가 죽은 네 명에게 검을 사용했을 것이다.

방현립은 다리를 잘랐으며 세 아들은 몸통이나 팔다리를 찌르거나 베었다.

검으로 충분히 죽일 수 있었는데도 그러지 않았으며 그 정도 행동으로 위협만 한 것 같았다.

그리고는 하나같이 주먹으로 머리를 박살 내서 일권에 죽여 버렸다.

그런데 소녀가 한 손에는 검을 잡고 있는 상태에서 다른 손으로 주먹을 쥐고 때려서 죽였다는 것은 뭔가 앞뒤가 맞지 않는다.

검을 쥐고 있으면서 무엇 때문에 다른 손의 주먹으로 때려 죽였다는 말인가. 그런 괴이한 행동을 할 사람은 정말로 흔하지 않을 것이다.

그러니까 이 상황에서 보편적으로 추리를 하자면 일남일녀의 남자, 즉 이십여 세 정도의 잘생긴 젊은 청년이 이들 네 명을 죽였다는 얘기가 된다.

그렇지만 아까 정공이 봤을 때 그 청년의 눈에는 정광이 전혀 흐르지 않았었다. 그렇다는 것은 무공을 배운 적이 없다는 뜻이다.

그런데 대체 어떻게 주먹으로 네 명의 머리를 박살 낼 수 있다는 말인가.

무공을 익힌 적이 없는데 맨주먹으로 네 명의 머리를 박살 내서 죽였다는 얘기가 된다.

"흉수가 누구인 것 같습니까?"

"뭔가 특수한 수법이라도 발견했습니까?"

졸지에 문주와 그의 세 아들의 죽음에 직면한 진권문 제자들은 눈앞이 캄캄해져서 앞다투어 정공과 문공에게 질문을 퍼부었다.

그들은 이 한밤의 끔찍한 살인사건에 대해서 아무것도 알아내지 못했다.

하지만 이 두 명의 소림무승은 자신들과 달라서 매우 신묘할 테니까 뭔가 알아냈을 것이라고 믿었다.

"아미타불… 아무것도 모르겠소이다."

정공은 고개를 절레절레 가로저었다.

그는 범인이 아까 봤던 일남일녀라고 생각하지만 그것을 진권문 제자들에게는 말해주지 않았다.

십팔복호호법은 권혼을 훔쳐간 녹향을 추격하는 것이 주된 임무이므로 그 외의 일에는 일체 관여하지 않는 것이 엄격한 규칙이다.

정공과 문공은 진권문의 전문을 나섰다.

그긍…….

진권문 제자들이 정중하게 예를 취하고 전문을 닫으려고 할 때 정공이 몸을 돌리며 제지했다.

"잠깐 물어볼 말이 있소이다."

"무엇입니까?"

정공은 자연스럽게 그냥 지나가는 말처럼 물었다.

"혹시 무탄이라는 이름을 아시오?"

"성이 무엇입니까?"

"성은 모르겠소."

정공은 아까 방현립의 방에서 나와 복도를 걸어가고 있을 때 그 방에서 흘러나온 방현립의 말을 들었었다.

"무탄 자네, 도대체 어떻게 된 일인가? 그동안 어디에 있었나?"

그로 미루어 일남일녀의 남자는 '무탄'이라는 이름일 것이다. 하지만 성까지는 모른다.

진권문 제자는 닫으려다가 만 문 사이로 얼굴을 내밀고는 심드렁하게 말했다.

"무탄 앞에 '도'라는 성이 붙으면 태원성에서 제일 유명한 이름입니다."

"도무탄?"

정공은 중얼거리다가 움찔 놀라 입속으로 나지막한 탄성을 터뜨렸다.

'해룡방주 무진장 도무탄!'

태원성의 하오문들을 돌면서 정보를 수집하다가 가장 많이 들은 이름이 바로 그거였었다.

*　*　*

자정이 조금 넘었다.

해시(밤 10시경) 무렵에 진권문에 잠입했었으니까 한 시진 만에 일을 처리했다.

방현립을 비롯하여 장남 방태보와 차남, 삼남을 모두 머리를 박살 내서 죽였다.

그들 네 명이 살아온 세월을 합하면 매우 길었으나 그에 비해서 죽어간 시간은 참으로 짧았다.

그런 것을 보면 뭔가를 이루는 데는 오랜 세월이 걸리지만 무슨 일을 당하는 것은 아주 잠깐인 것 같다.

도무탄이 아는 바로는 머리를 부숴 버리는 것이 가장 잔인하게 죽이는 방법이다.

눈알과 혀를 뽑고 코와 귀, 팔다리를 자르며 배를 갈라서 내장과 심장, 허파들을 꺼낸다든지, 온몸을 도막도막 잘라서 죽이는 것은 잔인하다고 생각하지 않는다. 그런 것은 그냥 추악하고 지저분할 뿐이다.

원래 푸줏간(肉店)에 주렁주렁 걸려 있는 소 돼지의 고깃덩이와 내장들은 그다지 잔인하게 보이지 않는다. 그저 너저분한 것이다.

"괜찮아?"

녹상이 도무탄을 업고 어두운 밤거리를 질풍처럼 달리면서 물었다.

"뭐가 말이냐?"

도무탄은 착 가라앉고도 건조한 목소리로 약간 결내듯이 반문했다.

지금의 복잡하고도 어수선한 마음을 그녀에게 들키고 싶지 않았다.

"이것저것 다."

녹상이 한꺼번에 뭉뚱그려서 말했지만 도무탄은 그것들이 무엇인지 안다.

강호 경험이 풍부하고 사람을 꽤 많이 죽여봤을 그녀가 지금 도무탄의 심정이 어떨지 왜 모르겠는가. 그러나 그는 짐짓 모르는 체하면서 무뚝뚝하게 요구했다.

"풀어서 말해라."

"사람 처음 죽여본 거지?"

"그렇다."

복수를 해서 후련하다. 그런데 후련하기만 한 게 아니라 께름칙한 기분도 있다.

후련한 느낌이 더 크긴 하지만 께름칙한 기분이 든다는 것이 또한 께름칙했다.

방현립과 방태보 등을 죽여서 께름칙한 것이 아니다. 그들의 머리가 박살 나서 피와 뇌수가 철철 흘러나와 바닥을 흥건하게 적시고 역겨운 피비린내가 진동하던 그것들 때문에 께름칙한 것이다.

"처음엔 다 그런 거야."

녹상이 위로한답시고 던지는 말이 위로처럼 들리지 않았다. 그걸 알았는지 그녀가 덧붙였다.

"몇 명 더 죽이면 괜찮아."

도무탄은 무림으로 가려고 마음을 굳힌 상태다. 그런데 사람 네 명 죽였다고, 그것도 자신을 죽이려고 했던 자들에게 복수를 한 것인데, 그것 때문에 기분이 이따위로 거지 같아서야 대관절 무림에 가서 무얼 하겠는가. 무림에서는 이보다 더 지독한 일들이 벌어질 텐데 말이다.

스스로 생각해도 정신상태가 약해 빠지고 병신 같아서 쓴웃음이 나왔다.

더구나 진권문에서 천보궁까지 이동하는 데에도 녹상에게 업혀서 가야 하는 신세라니 그것마저도 기분이 더러웠다.

하지만 어쩔 수가 없다. 진권문에서 천보궁까지는 오 리가 조금 더 되는 거리인데 이 밤중에 걸어서 가다가는 반 시진

이상 걸린다.

이미 진권문에서는 문주 등의 죽음을 알리기 위해서 천보궁의 방아미에게 사람을 보냈을 것이다.

그러니까 도무탄은 무조건 진권문보다 먼저 천보궁에 도착하여 방아미와 방현립의 수제자를 죽여야 한다. 그래야지만 복수가 깨끗이 끝난다.

그런데 기분이 더럽다고 해서 녹상에게 내려달라고 하는 것은 복수를 이쯤에서 그만두겠다는 것이나 같다.

녹상에게 업혀가는 것뿐만이 아니라 복수하는 것 자체가 그녀 없이는 절대로 불가능하다. 그것은 이미 진권문에서 유감없이 입증되었다.

난촌에서 진권문까지의 이동과 진권문 안으로의 잠입, 이어서 방현립의 거처까지 기척 없이 접근하고 도무탄이 그들을 죽일 수 있도록 제압하는 것까지 녹상이 다 했다.

말하자면 도무탄의 복수를 녹상이 은자 백만 냥을 받기로 하고 구 할까지 다 해준 것이다.

어찌 보면 이것은 녹상이 돈을 받고 복수를 대행해 준 것이나 마찬가지다.

'이래서 무림에 발을 들여놓기라도 하겠는가.'

도무탄은 입맛이 매우 썼다.

"아흑! 아아… 나 죽어……."

"헉헉헉헉……."

남녀의 거친 숨소리와 교성이 흘러나오고 있는 문 밖에 도무탄과 녹상이 서 있다.

[여기 맞아?]

도무탄을 낭하 바닥에 내려놓은 녹상이 문을 가리키며 전음을 보냈다.

도무탄은 어금니를 악물고 두 눈에서 불길을 뿜을 듯이 분노한 표정으로 문을 쏘아보았다.

문 너머에서 들리는 남자의 거친 숨소리는 누구 것인지 모르지만 여자의 숨넘어가는 교성은 방아미가 분명하다. 그렇다고 남자가 누군지 짐작하지 못하는 것은 아니다.

방아미가 한밤중에 외간남자와 격렬하게 정사를 벌이고 있는 중이다.

부친과 오빠 세 명은 모조리 죽어서 황천을 떠돌고 있는데 고명딸은 그것도 모르고 육체의 쾌락에 빠져 있다.

아니, 그것보다 더 안타까운 것은 자신들을 죽일 사람이 문 밖에 서 있다는 사실도 모른 채 얄팍한 육체의 향연에 온몸을 내맡기고 있다는 사실이다.

원래 사람 사는 게 그런 식이다. 한 치 앞을 모르고서도 저마다 잘났다고 뻐기면서 눈앞의 이익과 쾌락에만 급급한 게 인생이다.

도무탄과 녹상이 여기까지 들어오는데 가로막는 사람은 아무도 없었다. 완전히 무인지경이고 호위무사들은 코빼기도 보이지 않았다.

도무탄은 녹상의 물음에 대답하는 대신 직접 문을 열고 안으로 들어갔다.

슥—

이곳은 도무탄이 괴한들의 습격을 받아 칼에 찔렸던 그날 밤까지 방아미와 잠을 잤었던 곳이다.

문을 열고 들어간 그는 전면 우측 깊숙한 곳에 놓여 있는 침상으로 성큼성큼 걸어갔다.

그러나 오랜 외출을 끝내고 집으로 돌아오는 기분은 아니다. 칼에 찔렸던 그날 밤 이후 이곳이 집이라는 생각이 추호도 들지 않았었다.

녹상은 문 밖에서 뽑아든 검을 움켜쥐고 도무탄 뒤를 바싹 따랐다.

"아아아… 여보… 사랑해……."

실내에는 촛불이 두어 군데 켜져 있어서 그리 어둡지 않았으며, 얇은 휘장이 드리워진 침상에서 긴 머리카락을 풀어헤친 한 여자가 몸부림치고 있는 흐릿한 그림자가 얇은 휘장에 비춰졌다.

사아아…….

녹상이 쥐고 있는 검을 슬쩍 휘두르자 휘장이 위에서 가로로 길게 잘라져 물결처럼 일렁거리며 아래로 떨어지더니 안쪽의 상황이 적나라하게 드러났다.

도무탄과 녹상의 시야에 제일 먼저 드러난 것은 온몸이 땀에 흠뻑 젖은 한 소녀의 전라 모습이다.

십팔구 세의 나이에 요염하면서도 풍염한 몸매를 지닌 그녀는 다름 아닌 방아미다.

한 사내가 벌거벗고 누워 있으며 방아미는 그 사내에게 등을 보인 상태로 하체에 걸터앉아서 마치 말을 타는 듯 격렬하게 하체와 허리를 흔들어대고 있다.

크고 풍성한 한 쌍의 젖가슴이 상하좌우로 미친 듯이 출렁거리고, 땀에 흠뻑 젖은 머리카락이 얼굴에 달라붙은 방아미는 눈을 감은 채 교성을 터뜨리며 절정을 향해서 더욱 빠르게 말을 몰아댔다.

"아아아… 학학학……."

도무탄은 사십여 일 전까지만 해도 자신이 목숨을 걸어도 좋을 만큼 사랑했었던 여자가 다른 사내의 음경을 옥문에 삽입한 상태에서 무아지경에 빠져 쾌감으로 몸을 떠는 모습을 오만상을 찌푸린 채 지켜보았다.

그 광경을 보면서 그는 여자가 돈하고 비슷하다는 사실을 깨달았다.

돈은 수시로 주인이 바뀌고 또 누가 주인이 되든지 상관하지 않는다는 점에서 여자하고 비슷하다.

녹상은 도무탄 옆에 우뚝 서서 그 광경을 보면서 눈빛이 크게 흔들렸으나 외면하지는 않았다.

오히려 그녀의 시선이 아래쪽으로 흘러내렸다. 그곳에는 결합된 두 개의 성기가 또렷하게 보였다.

단단한 음경이 액체가 흘러나오는 질퍽한 옥문 속으로 진퇴를 거듭하고 있다.

녹상은 소림무승 때문에 마차 안에서 자신과 도무탄이 행했던 일이 잠시 생각나서 얼굴이 붉어졌으나 곧 머리에서 지워 버렸다.

그때 휘장이 사라지면서 뭔가 공기가 달라진 것을 느꼈는지 방아미가 눈을 떴다. 그러나 동작은 계속했다.

"……."

순간 움찔 놀라 동작을 멈춘 그녀의 눈과 입이 점점 더 커지고 얼굴 가득 경악이 물들었다. 너무 놀라서 아무 소리도 나오지 않았다.

"헉헉… 아미… 왜 그래?"

눈을 감은 채 누워 있는 사내는 방아미가 동작을 멈추자 눈을 뜨며 헐떡이면서 물었다.

푹!

"악!"

"끅!"

그때 녹상이 느닷없이 검을 뻗어 방아미의 옥문을 찔러 버리자 두 마디 비명이 터졌다.

도무탄은 움찔했다. 그는 녹상에게 이렇게 하라고 시킨 적이 없으므로 이것은 순전히 그녀의 생각이다.

그렇지만 나쁘지 않다. 도무탄이었다면 이런 생각을 하지 못했을 것이다.

남녀의 성기가 결합되어 있는 상황에서 검으로 방아미의 옥문을 찔러 사내의 음경까지 한 번에 찌르다니 그야말로 돌 하나로 새 두 마리를 잡은 격이다.

발정 난 암캐와 수캐를 벌하는 방법치고는 이보다 더 좋을 수 없을 것 같다.

녹상은 검으로 찌르자마자 빠른 동작으로 검을 놓고 다가가더니 순식간에 남녀의 마혈과 아혈을 제압해 버렸다.

옥문을 절반 깊이로 찌른 검은 위에서 아래로 비스듬히 꼿꼿하게 서 있었다.

도무탄은 천천히 걸음을 옮겨 방아미 뒤쪽에 누워 있는 사내를 확인하듯이 쳐다보았다.

그자는 방현립의 수제자이며 동시에 천보궁의 호위대장인

흑풍권 양원평이었다.

궁효의 조사에 의하면 방아미와 양원평은 예전부터 연인 관계였다고 한다.

그러면서 방아미는 그런 사실을 감쪽같이 속이고 도무탄에게 접근하여 혼인을 하려고 했었다.

아니, 어쩌면 처음부터 그를 죽일 목적으로 접근했었는지도 모른다.

그래서 아침에 도무탄이 해룡방으로 출근을 하고 나면 그녀는 낮 시간 내내 양원평과 은밀하게 마음 놓고 이런 짓을 했을 것이다.

다시 방아미의 앞쪽으로 돌아온 도무탄은 일그러진 얼굴로 그녀를 쏘아보다가 점차 표정이 풀어지더니 나중에는 단단하게 굳었다.

그는 녹상에게 방아미의 아혈을 풀어주라고 하지 않았다.

그 아비의 딸이면 보나마나 구차하게 변명하고 애원하는 것이 똑같을 터이니 그녀의 말을 들어보나 마나일 것이다. 아니, 그녀의 목소리를 듣고 싶지도 않다.

방아미와 양원평은 여전히 옥문과 음경이 검에 찔려 있는 상태라서 고통이 이루 말할 수 없을 정도다.

그런데다가 마혈과 아혈까지 제압되었으니 고통으로 몸

을 움직이는 것이나 신음을 토하는 것조차도 허락되지가 않았다.

방아미는 도무탄을 바라보면서 더없이 고통스럽고 슬픈 표정으로 눈물을 흘리며 입을 벙긋거렸다. 아혈만 풀어주면 말이 와르르 쏟아져 나올 것 같았다.

그 말이 거짓 뉘우침일 수도 진실한 뉘우침일 수도 있으나 어쨌든 상관이 없다.

그녀와 양원평이 정사, 아니, 교미를 하고 있는 장면을 보는 순간 이미 도무탄의 머리와 마음속에서는 그녀에 대한 모든 것이 깨끗이 정리되었다.

슥—

"오빠가 당했던 거랑 똑같이 해줄까?"

녹상이 품속에서 단검을 꺼내며 도무탄을 쳐다보며 물었다.

도무탄은 묵묵히 고개를 끄떡였다.

방아미의 두 눈이 찢어질 듯이 부릅떠졌다. 방금 녹상이 한 말이 무슨 뜻인지 알기 때문이다.

그녀는 눈을 미친 듯이 깜빡거리면서 입을 벙긋거렸으나 한마디도 흘러나오지 않았다.

하지만 도무탄은 그녀가 무슨 말을 하려는 것인지 듣지 않아도 알 수 있을 것 같았다.

푸푹…….

녹상은 추호의 감정도 없이 단검을 앞으로 뻗어 방아미의 오른쪽 젖가슴과 복부 한가운데를 찔렀다.

방아미는 찔릴 때마다 비명을 지르지도 못하고 입만 크게 벙긋거렸다.

도무탄이 허벅지 한 군데를 더 찔렀던 것을 방아미의 옥문을 찌른 것으로 대신했다.

이어서 그녀는 누워 있는 양원평도 똑같이 오른쪽 가슴과 복부를 단검으로 찔렀다.

도무탄은 왼쪽 가슴을 찔렀었지만 그의 심장이 오른쪽에 있었기에 살아날 수 있었다.

그래서 녹상은 방아미와 양원평의 심장을 찔러서 금방 죽이지 않고 지금 당장은 살려두었다.

매란교 아래의 분수는 두꺼운 얼음이 꽁꽁 얼어 있었다.

서걱서걱…….

녹상은 공력을 주입시킨 검을 얼음에 깊숙이 찔러 넣어 동그랗게 파내기 시작했다.

자정이 훨씬 넘은 캄캄한 매란교 아래 강 한복판에는 도무탄과 녹상 두 사람만 있다.

아니, 그건 아니다. 그들 옆에는 커다란 자루가 하나 놓여 있으며, 그 안에는 검에 찔리고 마혈과 아혈이 제압된 방아미와 양원평이 몇 개의 묵직한 돌과 함께 들어 있다.

자루 안의 두 명이 아직 살아 있는지 아니면 죽었는지는 모른다.

그들의 생사에는 관심이 없다. 도무탄은 다만 마지막 의식을 치르고 있는 중이다.

방아미와 양원평을 차디찬 분수에 떠내려 보내서 바닥에 가라앉히는 것으로 복수의 마무리를 장식하고 또한 마음의 정리를 하려는 것이다.

"됐어."

녹상이 꽁꽁 언 수면에 자루 하나가 들어갈 만한 적당한 얼음 구멍을 뚫고서 검을 검실에 꽂았다.

그리고는 큼직한 자루를 끌어다가 구멍 옆에 세우고는 도무탄을 쳐다보았다.

"한번 볼 거야?"

그녀는 턱으로 자루를 가리켰다.

도무탄이 가볍게 고개를 끄떡이자 녹상은 자루의 입구를 묶은 줄을 풀었다.

스슥…….

자루 입구를 벌리니까 위를 향하고 있는 방아미의 얼굴이 드러났다.

캄캄한 밤중에도 아름답고 요염한, 그러면서도 공포에 질린 창백한 얼굴이 파르라니 빛났다.

불행하게도 방아미는 아직 죽지 않았다. 그녀는 더 이상 크게 뜰 수 없을 만큼 부릅뜬 눈으로 도무탄을 바라보는데 눈동자가 쉴 새 없이 굴렀고 눈이 깜빡거렸다.

타탁…….

도무탄이 시키지도 않았는데 녹상이 방아미의 아혈을 풀어주었다.

녹상은 제멋대로 행동하지만 그것이 도무탄의 뜻에 크게 반하지는 않는다.

그가 할까 말까 결정을 내리지 못할 때라든지, 아니면 미처 생각하지 못했던 민감한 부분을 행동으로 보여준다. 예를 들면 지금 같은 경우다.

이 시점에서 방아미가 울면서 애원을 하면 복수의 쾌감이 절정에 이를 것이다.

"무 랑… 여보… 제가 잘못했어요……. 제발 용서해 주세요… 죽기 싫어요… 으흐흐흑……."

아혈이 풀리자마자 방아미는 봇물 터진 듯이 흐느껴 울면서 애원했다.

"흐흐흑… 살려만 주시면 무슨 일이든지 다 하겠어요……. 제발… 사랑해요… 여보……."

그녀 말대로 목숨을 살려주고 용서해 주면 무슨 일이든지 다 하면서 도무탄에게 맹종하면서 살지 모른다.

하지만 한 번 배신했었던 인간은 언제라도 또다시 배신할 것이라는 게 도무탄의 지론이다. 즉, 걸레는 아무리 깨끗하게 빨아도 걸레인 것이다.

현재 방아미는 여전히 양원평의 하체에 앉아 있는 자세다. 정사를 나누던 자세 그대로 두 사람의 몸을 접어 자루에 넣은 것이다.

더구나 방아미의 옥문을 찔렀던 검을 뽑으면서 동시에 그 자리에 단검을 찔러 넣었다.

그러므로 이들은 아직까지도 서로의 성기가 결합되어 있는 상태다.

녹상이 일부러 그렇게 만들어놓았다. 이승에서 시작된 정사를 저승에 가서도 만끽하라는 녹상의 자상한 배려다.

"으흐흐흑… 여보… 제가 얼마나 당신을 사랑하는지 알잖아요……. 죽기 싫어요… 무서워요……."

툭!

도무탄은 발끝으로 자루를 슬쩍 걷어찼다.

"악!"

풍…….

자루가 밑에서부터 얼음 구멍 안에 빠져 빠르게 가라앉

았다.

방아미는 아래에서부터 차디찬 얼음물이 엄습하는 것을 느끼면서 미친 듯이 절규를 터뜨렸다.

"여보—! 살려줘요—! 잘못했어요—! 무서워… 꼬르륵……."

찢어질 듯이 크게 벌린 입안 가득 물이 차면서 그녀의 모습이 구멍 아래 캄캄한 곳으로 빠르게 사라져 갔다.

*　*　*

"음……."

신음 소리를 내지 말아야 하는데 너무 고통스러워서 저절로 입 밖으로 새어 나왔다.

원래 상처라는 것은 시간이 지날수록 나아져야 하는데 어떻게 된 일인지 이 상처는 반대로 더 심해졌다.

상처는 가슴 한가운데인데 온몸이 다 아프고 팔다리가 제멋대로 후들후들 마구 떨렸다.

"끄으으……."

독고지연은 가슴이 쪼개질 것만 같고 만근 무게의 바위가 짓누르고 있는 것 같아서 숨을 쉴 수가 없어서 상체가 뒤로 넘어가면서 신음을 흘렸다.

이 상처는 닷새 전 태원성 외곽에서 도무탄이라는 낯선 사내에게 당한 것이다.

무공의 '무' 자도 모르는 것 같은 자에게 당한 일권 때문에 초일류고수인 독고지연이 지금 깊은 산중에서 처절한 고통으로 몸부림치면서 죽어가고 있다.

그런 냉엄한 현실에 직면해 있으면서도 그녀는 그 사실이 아직도 믿어지지 않았다.

닷새 전 그자의 일권에 적중되어 순식간에 십여 장 이상이나 가랑잎처럼 날아갔었던 그녀는 그 길로 뒤도 돌아보지 않고 도망쳤었다.

자신의 무공이 꽤나 높다고 자부하던 그녀가, 또한 차라리 죽을지언정 도망친다는 것은 생각도 해본 적이 없는 그녀가 오죽했으면 줄행랑을 쳤었겠는가.

그 당시에는 머릿속에 오로지 도망쳐야 한다는 생각만 가득 들어차 있었다.

복수하기 위해서라도 반드시 살아야 한다느니, 사랑하는 가족들을 남겨두고 이대로 죽을 수는 없다느니 하는 당연한 생각조차 들지 않았었다.

그저 가슴에 주먹을 한 대 얻어맞은 것이 지독하게 아프고 고통스러웠다.

그래서 한 대 더 얻어맞는다는 것이 너무도 무서웠었다. 단지 그것뿐이다.

이후 도주하는 과정에서 처음에는 고통이 좀 가라앉기만 하면 속히 되돌아가서 그놈을 잔인하게 죽여야겠다는 다소 여유 있는 생각도 했었다.

그런데 충분히 도망쳤다고 생각한 곳에서 한 차례 운공조식을 하고난 후에 고통이 외려 처음보다 조금 더 가중되었다는 사실을 알게 되었다.

그래서 다시 돌아가서 그놈을 죽이겠다는 생각 같은 것은 언감생심 꿈도 꾸지 못했다.

이후 시간이 지날수록 고통은 점점 더 가중되었고 아무리 운공조식을 해도 도저히 치료가 되지 않았다.

그렇지만 의원에는 찾아갈 수가 없었다. 여자 의원이면 몰라도 의원들은 하나같이 남자라서 그들에게 상처 부위인 젖가슴을 보일 수는 없는 노릇이다.

그렇다고 아무에게나 도움을 청할 수도 없다. 그녀는 천하이미의 천상옥화이기 때문에 천하의 모든 남자가 그녀를 보기만 하면, 그래서 그녀가 항거불능의 상태인 것을 알게 되면 무조건 겁탈을 할 것이 분명하다.

상대가 여자라고 해도 안심하지 못하는 이유는 여자 곁에는 항상 남자가 있기 때문이다.

그런 상황에서 독고지연이 선택할 수 있는 일은 오로지 하나, 어서 빨리 자신의 가문인 북경 무영검가로 돌아가는 것뿐이다.

그녀는 수수한 복장을 구해서 갈아입고 방갓을 쓴 것으로도 모자라서 면사로 얼굴까지 가려 변장을 한 상태로 북경을 향해 걸음을 재촉했었다.

가슴의 상처는 하루가 다르게 악화되어가기만 했다. 도대체 왜 그런 것인지 이유도 모른다. 이러다가는 집에 돌아가지도 못하고 길거리에서 비명횡사할 수도 있겠다는 생각이 든 그녀는 사흘째부터는 밤에 잠도 자지 않고 밤이슬을 맞으며 걷고 또 걸었다.

그리고 닷새째인 오늘 오후에 지름길을 선택하여 산을 가로질러 가다가 또다시 고통이 엄습하여 아무 곳에나 쓰러져서 지금까지 사투를 벌이고 있는 중이다.

"으으……."

그녀는 풀숲에 쓰러져서 웅크린 채 가슴을 부여안고 비지땀을 흘렸다.

지금으로썬 고통에서 벗어날 수 있는 방법이 아무것도 없다. 운공조식은 애당초 도움이 되지 못했었다.

할 수만 있다면 칼로 가슴과 그 속의 내장과 장기를 전부 도려내고 싶을 정도다.

'아아… 이대로 이 산중에서 나 독고지연이 죽는 것인

가…….'

그녀는 핏기 없는 창백한 안색으로 으스름 밤하늘을 바라보면서 내심 중얼거렸다.

第十三章

천하제일이 되고 싶다

등롱기

평소와 똑같은 날이 밝았으나 간밤에 큰일을 해치운 도무탄에게는 매우 특별한 날이다.

인시(새벽 4시경)가 넘어서야 난촌의 서림장으로 돌아온 도무탄과 녹상은 너무 피곤해서 씻지도 않은 채 그냥 침상에 쓰러져 잠이 들었다.

그리고 두 사람이 깨어나 눈을 뜬 것은 해가 중천에 뜬 정오 무렵이다.

똑바로 누워 있는 도무탄의 팔베개를 하고 그의 품에 안긴 상태에서 깨어난 녹상은 그다지 어색해하지 않았다.

"목에 상처 다 나았네?"

녹상은 도무탄의 팔베개를 한 상태에서 그의 목을 손가락으로 쓰다듬으면서 신기하다는 표정을 지었다.

"천상옥화인지 지옥분화(地獄糞花)인지 하는 년한테 검에 찔린 게 여기 어디였잖아? 그런데 상처가 어디로 사라진 거야? 흔적조차 없네."

독고지연에게 원한이 깊은 녹상은 그녀의 별호 천상옥화를 지옥분화, 즉 지옥의 똥에 핀 꽃이라고 깎아내렸다.

잠에서 막 깨어난 도무탄은 멀뚱한 표정으로 천장을 보며 눈만 껌뻑거렸다.

그는 자신의 목에 난 상처가 흔적조차 남기지 않고 깨끗이 나은 이유가 오른팔에 스며든 권혼의 영향일 것이라고 짐작하지만 대답하지 않고 가만히 있었다.

"권혼… 덕분인가?"

그녀는 도무탄의 가슴 위에 엎드려서 자신의 한쪽 가슴을 얹은 자세로 그의 목을 쓰다듬으며 눈을 반짝였다.

그녀는 권혼을 도무탄에게 넘긴 이후 지금까지 그것에 대해서는 한마디도 언급하지 않았으나 오늘 아침에는 조금 달랐다.

도무탄은 그녀의 말을 듣고는 이 기회에 권혼에 대해서 좀 더 자세하게 알아야겠다는 생각을 했다.

그는 권혼에 대해서 아는 바가 거의 없다. 권혼이 삼백여 년 전의 대살성인 천신권이 남긴 것이라는 사실만 알고 있을 뿐이다.

"상아."

도무탄은 물끄러미 그녀를 굽어보다가 머리를 부드럽게 쓰다듬으며 불렀다.

"응?"

그녀의 한쪽 젖가슴이 그의 가슴에 눌려 있으나 두 사람은 그런 것에는 별로 신경을 쓰지 않는 것 같았다.

"권혼에 대해서 아는 대로 설명해 다오."

"지난번에 말해줬잖아?"

"그건 천신권에 대해서고, 나는 권혼에 대해서 알고 싶다."

"귀찮아……."

그녀는 도무탄의 어깨에 얼굴을 부비면서 짜증을 냈다.

"돈 줄게."

녹상의 동작이 뚝 멈추더니 천천히 고개를 들었다.

"얼마?"

"은자 만 냥."

"중요한 얘긴데?"

"십만 냥."

"알았어."

슥―

대답을 하고 나서 녹상은 그를 향해 옆으로 누웠다.

"그러니까 오빠는 권혼에 대해서 아무것도 모르고 있다는 거지?"

"내가 보고 겪은 것만 알고 있다."

"뭔지 얘기해 봐."

도무탄은 권혼이 담긴 검은 상자를 연 직후부터 일어났던 일들을 빠짐없이 설명했다.

권혼에 새겨진 아홉 줄의 글귀와 인피장갑처럼 생긴 장갑을 끼고 힘을 불끈 주니까 오른팔 속으로 스며들어 사라졌다는 믿기 어려운 얘기.

그리고 권혼심결 일 초식으로 운공조식을 하면 오른팔에 엄청난 힘이 주입되어 단 한 번 사용할 수 있으며, 부단한 노력 끝에 이제는 한 번 운공조식을 하는 데 세 호흡밖에 걸리지 않는다는 얘기 등이다. 그런 사실들은 녹상으로서도 처음 듣는 내용이다.

"흐음… 그랬었구나."

도무탄의 설명이 끝나자 녹상은 그의 배에 한쪽 다리를 올리고 손으로는 가슴을 만지작거리면서 알았다는 듯 고개를 끄떡였다.

"지금 태원성에 권혼을 얻으려고 무림인 수백 명이 모여들었다는 거 알고 있지?"

"안다."

"그들이 얻으려는 것은 천신권의 무공비급이 아냐."

도무탄은 과연 무림에는 권혼이 어떻게, 그리고 어느 정도 알려져 있는지 궁금했다.

"그럼 뭐지?"

"나도 권혼에 대해서는 무림에 알려져 있는 정도밖에는 모르고 있어."

그때 문이 열리고 소진이 들어와 침상으로 다가와 방그레 미소 지었다.

"그렇게 누워 있으니까 두 분 꼭 부부 같아요."

"엑?"

녹상은 질겁하면서 벌떡 일어나 앉아 소진을 한 대 때릴 듯한 시늉을 했다.

"쪼그만 게 못하는 소리가 없어."

"헤헤… 식사 여기에 차릴까요?"

녹상하고도 많이 친해진 소진은 혀를 낼름 내밀고는 침상에서 조금 떨어진 탁자를 가리켰다.

이곳 서림장에는 요리를 전담하는 숙수들이 있지만 도무탄의 식사만큼은 꼭 소진이 직접 만들었다.

"권혼에 대한 소문은 삼백여 년 전에 소림사에서 흘러나왔는데 아직까지 그대로 이어지고 있어."

녹상의 설명은 식사를 하면서 이어졌다.

"삼백여 년 전에 소림사가 주축이 되어 구대문파의 고수 천여 명이 천신권을 겨우 제압하여 소림사로 압송, 뇌옥인 천불갱(千不坑)에 가두었다고 해."

소진은 언제나처럼 도무탄 옆에 앉아서 그의 밥에 맛있는 요리를 놔주는 등 시중을 들었다.

"제압된 천신권은 북해설산(北海雪山)의 한철삭(寒鐵索)으로 꽁꽁 묶어서 천장에 매달아놨는데 천불갱에 가둔 지 한 달 만에 안개처럼 흔적도 없이 사라져 버렸대."

배가 많이 고팠는지 녹상은 입안에 밥과 요리를 가득 넣고 씹으면서 불분명한 어조로 설명을 이었다.

"그리고 천신권이 묶여 있던 곳 바닥에는 한 장의 얇은 오른팔 인피가 떨어져 있었다는 거야. 장갑처럼 생긴 건데 지금 오빠 오른팔에 흡수된 바로 그거야."

소진은 두 사람이 무슨 대화를 나누는지 조금도 관심이 없고 도무탄을 시중드는 것에만 열중했다.

"소림사에서는 천신권이 자신의 모든 심득(心得)과 정화(精化)를 그 오른팔 인피에 응집(凝集)시켜 놓았다고 판단하여 그것을 상자에 넣어 봉인을 하고 그때부터 장경각에서 엄중하게 보관을 해왔다는데 그때부터 그것의 이름이 권혼이라고 불렸다는군."

"천신권의 심득과 정화라는 게 뭔데?"

"무림에서는 천신권의 권법초식을 심득으로, 천신권의 공력을 정화라고 풀이해."

"초식과 공력……."

도무탄은 오른팔 인피에 새겨져 있었던 아홉 줄의 글귀가 권법초식이고, 인피가 오른팔로 스며든 후에 운공조식을 하면 무시무시한 힘이 생기는 현상이 천신권의 공력일 것이라고 생각했다.

"이제 무림인들이 권혼을 얻으려면 오빠를 죽일 수밖에 없게 됐군."

"무슨 뜻이냐?"

"무림인들은 권혼이 천신권의 오른팔 인피라는 것과 거기에 그의 입신지경에 이른 공력이 모두 축적되어 있다는 사실을 알고 있어."

"흠."

도무탄은 알아들었다는 듯 고개를 끄떡였다.

"네 말은, 한 번 몸속으로 파고든 권혼은 그 사람이 죽어야지만 회수할 수 있다는 것이냐?"

"똑똑하군."

권혼이 도무탄의 오른팔에 스며들었다는 소문이 퍼지면 무림인들이 그를 죽이려고 벌 떼처럼 달려들 것이다. 그리고 현재 그 사실을 알고 있는 사람은 녹상이 유일하다.

"내가 네 입을 막으려고 손을 쓸 필요는 없겠지?"

"그러니까 잘해."

"함구하는 데 돈이 필요하면 주겠다."

도무탄의 말에 녹상의 동작이 아주 잠깐 뚝 멈췄다가 다시 이어졌다.

"얼마 줄 건데?"

"은자 백만 냥."

녹상은 간단하게 대답했다.

"알았어. 권혼에 대해서는 영원히 입을 다물어줄게."

슥—

반각쯤 방 밖으로 나갔다가 돌아온 도무탄이 말없이 네 장의 붉은색 종이를 내밀었다.

"이게 뭐야?"

"권혼 대금 천만 냥, 복수를 도와준 대가 백만 냥, 권혼에 대해서 설명해 주는 대가 십만 냥, 그리고 함구해 주는 대가 백만 냥이다."

녹상은 도무탄이 내민 것이 네 장의 전표(錢票)이며 은자 천만 냥짜리와 십만 냥, 백만 냥짜리라는 것을 자세히 살펴보지 않고도 알았다.

"이걸 왜 주는 거지? 날 보고 이제 떠나라는 뜻이야?"

녹상은 마치 높은 곳에 얼어붙은 고드름이 단단한 바닥에 떨어지는 듯한 냉랭한 목소리로 물었다.

"잊기 전에 주려는 거야."

슥—

도무탄은 전표를 그녀의 손에 쥐어주었다.

"부피가 큰 것도 아니니까 품속에 넣어둬."

녹상은 네 장의 전표 중에 은자 천만 냥짜리 한 장을 가리켰다.

"내 건 이거 하나야."

그리곤 네 장의 전표를 다 모아서 도무탄의 손바닥을 펴고 그 위에 신경질적으로 올려놓았다.

탁!

"나중에 줘."

도무탄은 품속에 전표를 넣으면서 말했다.

"앞으로 너에게 돈을 줘야 하는 상황이 계속 벌어질 테니까 미리 주는 게 나을 것 같았다."

탁자 앞에 앉아 있는 녹상은 새초롬한 얼굴로 날카롭게 그를 쏘아보았다.

"부자라고 빼기는 거야?"

"그런 뜻이 아니라는 건 네가 더 잘 알고 있잖으냐?"

녹상은 눈을 내리깔았다.

"알았어. 앞으로는 대가를 요구하지 않을게."

"더 이상 나를 도와주지 않겠다는 뜻이냐?"

녹상은 고개를 숙이고 탁자를 보면서 손가락으로 탁자를 두드렸다.

"도와주되 대가를 받지 않겠다는 뜻이야. 내가 이렇게까지 얘기해야 알아들어?"

"너……."

도무탄은 퍼뜩 깨달아지는 것이 있었다.

녹상이 도와주겠다고 할 때마다 그가 먼저 대가로 돈을 주겠다고 했던 것에 대해서 그녀가 불쾌하게 여겼을지도 모른다는 것이다.

"나는 네가 돈을 매우 좋아하는 줄 알았다."

"그래. 난 돈을 벌 수 있다면 조상도 팔아먹을 년이야."

"그런데 왜 돈을 받지 않겠다는 거냐?"

"말 한마디 해주고 몸 한 번 움직여 줄 때마다 돈을 받아내서 오빠를 거지로 만들어야 속이 시원하겠어? 난 그 정도로 파렴치하지는 않아."

도무탄은 그녀 옆에 앉아서 팔로 어깨를 감싸고 부드럽게 끌어당겨 품에 안았다.

"알았다. 내가 잘못했으니까 화 풀어라."

탁!

"저기 가서 앉아."

그런데 녹상이 그의 팔을 거칠게 치우면서 탁자 맞은편을 가리켰다.

도무탄은 아홉 살 이후 온몸과 온정신을 오로지 장사와 대인관계를 위해서 전부 투자했었기 때문에 그 방면에는 빠삭하지만 여자에 대해서는 젬병이다.

십사 세 때 얼렁뚱땅하다가 별다른 의미도 없이 얼굴이 기억도 안 날 만큼 가물가물한 여자에게 첫 동정을 뗐고, 이후 수백 번도 더 여자와 정사를 해봤었지만 거래 때문이거나 돈을 주고 산 기녀와의 잠자리가 전부였었다.

그러다가 처음 사랑하게 된 여자가 방아미였는데, 그것은 일방적으로 그녀가 접근하여 밀어붙여서 성사가 된 일이었기 때문에 그로서는 여자의 심리에 대해서 자세하게 알 필요가 없었다.

그렇기 때문에 그는 녹상이 왜 그러는 것인지 복잡한 심경을 전혀 짐작조차 하지 못했다.

도무탄이 맞은편에 앉고 나서 녹상은 허리를 꼿꼿하게 펴더니 그를 똑바로 주시했다.

"복수도 끝났으니까 이제 제자리로 돌아가야지?"

거처도 천보궁으로 옮기고 해룡방주 무진장으로 복귀하는 것이냐는 말이다.

도무탄은 언제나 뼈가 없는 것처럼 흐느적거리고 또 앉는 것보다는 눕는 것을 좋아하는 녹상이 자세를 꼿꼿하게 앉는 모습을 지금 처음 보는 것 같았다.

"나는 결심한 것이 있다."

그는 마음속으로만 계획했던 것을 녹상에게 처음으로 내비쳤다.

"무슨 결심인데?"

도무탄은 자못 비장한 표정을 지었다.

"무림으로 갈 거다."

녹상은 어이없다는 표정을 짓고는 말문이 막히는지 한동안 가만히 있다가 얼굴을 찌푸렸다.

"이제 배가 불렀어?"

"너 칼 세 군데나 찔려서 자루에 담겨진 채 차가운 강바닥까지 가라앉아 봤어?"

"아니."

녹상은 도무탄의 말을 상상해 보고는 작게 진저리쳤다. 그녀는 누가 무슨 말을 하면 그걸 상상해 보는 버릇이 있다. 때에 따라서 그것은 좋지 않은 버릇이다. 하지 않아도 될 간접

체험을 하기 때문이다.

"나는 그 강바닥에서 결심했었다. 두 번 다시 남에게 당하지 않도록 강해지겠다고 말이다."

"알아."

녹상은 고개를 끄떡였다.

그녀가 처음 도무탄을 만났을 때에는 부친 녹향 행세를 하고 있을 때였다.

그때 그가 괴한들에게 당한 얘기를 듣고 녹상은 자신이 진권문주를 비롯하여 진권문 전체를 몰살시켜서 대신 복수를 해줄 수도 있다고 말했었다.

그러나 도무탄은 그 제안을 거절했었으며 자신의 결심을 똑똑하게 밝혔었다.

"죽음의 문턱에서 나는 깨달은 것이 있소. 제아무리 돈이 많아도 힘 앞에서는 무력하다는 사실이오. 돈은 주먹이나 칼을 이길 수 없소."

그 말을 듣고 녹상은 자신에게 권혼이 있다고 말했고 도무탄은 그것을 자신에게 팔라고 했었다. 궁적상적(弓的相適), 활과 과녁이 서로 잘 맞았었다.

녹상은 도무탄의 무림으로 가겠다는 결심을 재확인하려고

들지는 않았다.

함께 지내는 동안 그의 성격에 대해서, 특히 한 번 한다고 결심을 하면 절대 번복하지 않는 성격이라는 것을 잘 알게 되었기 때문이다.

"그럼 여기 서림장에서 무공연마를 할 거야?"

녹상은 실내를 두리번거리며 물었다. 그녀는 도무탄에게는 권혼밖에 없으므로 그것을 연마할 것이라고 예상했다.

"무공연마를 해야 하는 거냐?"

녹상은 슬쩍 인상을 썼다.

"그럼 지금 당장 무림에 출도하게?"

도무탄은 어정쩡한 표정을 지었다.

"왜… 안 되나?"

슥—

"이리 와봐."

녹상은 말로 백 번 설명하는 것보다 직접 행동으로 보여주는 것이 낫다고 생각해서 의자에서 일어나 넓은 곳으로 걸어갔다.

그녀는 두 발을 벌리고 우뚝 서서 뒷짐을 지고 맞은편에 서 있는 도무탄에게 말했다.

"나는 이 자리에서 꼼짝하지 않고 서 있을 테니까 오빠는 오른팔에 권혼의 힘을 주입해서 날 공격해 봐."

도무탄은 조금 어이없는 표정을 지었다. 자신이 아무리 못났어도 제자리에서 가만히 서 있는 녹상을 한 대 때리지 못할 리가 없다.

그의 주먹 한 방에 천상옥화도 꼬랑지를 감추고 도망을 쳤었는데 녹상이라고 별수 있겠는가. 자고로 매 앞에는 장사가 없는 법이다.

"공격하지 않겠다는 것이냐?'

도무탄의 말에 녹상은 실소를 흘렸다.

"훗! 내가 공격하면 오빤 죽어."

그 말이 도무탄의 비위를 뒤틀어놓았다.

"제자리에서 공격해라."

"정말이야?"

"나더러 가만히 서 있는 나무토막을 공격하는 바보짓을 하라면 그만두겠다."

녹상의 입가에 야릇하고 희미한 미소가 번지고 눈빛이 매서워졌다.

"후회하기 없기다."

"후회가 무슨 뜻이지?"

도무탄은 천천히 녹상에게 다가갔다. 평소에도 상시 오른팔에 권혼력을 주입하고 있기 때문에 다시 운공조식을 할 필요는 없다.

저벅저벅…….

그는 녹상에게 곧장 걸어가는 몇 걸음 동안 어떻게 할 것인지를 이미 결정했다.

그가 아무리 빠르게 움직인다고 해도 무림고수인 녹상보다는 늦을 테니까 그 점을 유념하면서 정면으로 부딪쳐 볼 생각이다.

가까이 접근해서 공격할 것처럼 보여 그녀가 먼저 공격하기를 유도한다.

그래서 정신 바짝 차리고 있다가 팔이든 다리든 그녀가 무엇으로 공격하든지 오른 주먹으로 그것을 맞출 것이다.

그러면 그녀의 몸통을 직접 공격할 필요가 없다. 또한 그녀가 팔이나 다리에 공력을 주입해서 공격한다고 해도 권혼력을 당해내지는 못할 것이라고 확신했다.

문제는 정신을 바짝 차리고 그녀의 첫 번째 공격을 미리 간파해야 한다는 사실이다.

저벅…….

그가 녹상의 세 걸음 가까이 다가갔을 때까지도 그녀는 뒷짐을 지고 묵묵히 서 있었다. 그런 모습을 보면 아예 공격할 의사가 없는 것 같았다.

이윽고 두 걸음까지 다가갔을 때 도무탄은 지금 이 순간이라도 전력으로 몸을 날리면서 오른 주먹을 날리면 그녀보다 먼저 일권을 가할 수도 있지 않을까 하는 강한 유혹을 느꼈으나 잘 참았다.

고수는 달리 고수가 아닐 것이기 때문이다. 그는 이미 천상옥화와 방태보에게 당한 적이 있다.

두 사람은 무위의 차이가 몹시 크지만 도무탄에게는 고수라는 점이 똑같았다.

녹상은 뒷짐을 지고 있으니까 공격을 하면 두 다리 중 하나가 튀어나올 것이라고 예상하여 그는 그녀의 다리를 뚫어지게 주시했다.

"……!"

그 순간 녹상의 왼쪽 다리가 슬쩍 앞으로 들려졌다. 그런데 예상했던 것처럼 빠르지 않은 것 같아서 저게 과연 공격인가 아니면 다른 이유로 다리를 든 것인가 하는 의아한 생각마저 들었다.

뻑!

"욱!"

그 순간 녹상의 왼쪽 다리가 갑자기 시야에서 사라지는가 싶더니 그는 복부에 묵직한 충격을 받고 뒤로 붕 날아가 나동그라졌다.

녹상에게 복부를 걷어 채인 것이 분명하다. 그러나 방금 일격에 공력이 주입되지 않았는지 그다지 아프지는 않았지만 그는 자존심이 많이 아팠다.

도대체 공격할 것 같지 않았던 동작이 언제 자신의 복부를 걷어찼는지 그림자조차도 보지 못했다.

그는 퉁기듯이 벌떡 일어나서 다시 곧장 녹상에게 걸어갔다. 방금 한 대 맞은 복부가 묵직했으나 그의 마음보다 무겁지는 않았다.

이번만큼은 절대로 녹상이 내뻗는 발을 놓치지 않겠노라고 다짐하면서 눈을 부릅뜨고 한 걸음 한 걸음 점점 가까이 다가갔다.

그리고 이번에는 그녀가 발을 내미는 순간 공격하려고 오른 주먹에 잔뜩 힘을 주었다.

그런데 그가 이번에도 두 발 가까이 접근하도록 녹상의 발은 꼼짝도 하지 않았다.

딱!

“어이쿠!”

그 대신 오른쪽 옆머리에서 번쩍 불이 튀었다. 그는 순간적으로 머리가 깨지는 듯한 통증을 받으면서 상체가 왼쪽으로 붕 날아가 바닥에 내팽개쳐졌다.

녹상의 두 다리만 뚫어지게 주시했는데 이번에는 그녀가 주먹으로 머리를 때린 것이다.

첫 번째 발로 복부를 찰 때는 그다지 아프지 않았는데 이번에 머리는 지독하게 아팠다.

도무탄은 그 이유를 짐작할 수 있다. 첫 번째 공격을 당하고서도 정신을 차리지 못했다고 두 번째 가격에는 조금 징벌의 의미가 담긴 것 같았다.

평소의 도무탄 같았으면 이 정도에서 깨끗이 자신의 부족함을 인정하고 물러났을 것이다.

이건 열 번 시도하면 열 번 다 얻어터지고 마는 뻔한 대결이기 때문에 계속 시도한다면 병신이다. 하지만 이번만큼은 다르다.

아무런 소득도 없이 물러난다는 것이 도저히 자존심이 허락하지 않았다.

그래서 몇 대 더 얻어터지는 한이 있더라도 최소한 녹상이 팔이나 발을 뻗는 동작을 제대로 똑똑히 한번 보기나 하자는 오기가 생겼다.

"포기 안 할 거야?"

다가오는 도무탄을 보고 위협하는 녹상의 목소리에 날이 파르라니 섰다.

세 걸음까지 다가간 도무탄은 계획을 바꿨다. 그녀가 공격하기 전에 자신이 먼저 공격하자는 것이다.

그녀는 연속 두 번을 공격하여 도무탄을 나뒹굴게 만들었으므로 설마 그가 먼저 공격할 것이라고는 예상하지 못할 것이다.

그러니까 이럴 때 허를 찔러 전력으로 공격하면 성공할 수도 있다는 생각이다.

첫 번째 두 번째 모두 녹상하고 두 걸음을 남겨놓았을 때 당했으니까 이번에도 같을 것이다.

그러니까 이번에는 그녀가 공격하는 순간을 훔쳐서 그 직전에 오른 주먹을 날리는 것이다.

그가 마지막 왼발을 내디딜 때까지도 녹상의 손과 발은 움직이지 않았다.

'지금이다!'

그는 벼락같이 그녀에게 덮쳐가면서 얼굴을 향해 맹렬히 오른 주먹을 휘둘렀다.

위잉!

그런데 그 순간 갑자기 눈앞이 새하얗게 변했다. 그와 동시에 숨이 콱 막혔으며 몸이 뒤로 화살처럼 날아갔다.

"음……."

도무탄은 가슴이 쪼개지는 것처럼 불쾌하게 뻐근한 것을 느끼면서 눈을 떴다.

"정신이 들어?"

옆에 앉아서 그를 빤히 굽어보고 있던 녹상이 반가운 표정을 지었다.

"어떻게… 으으……."

그는 어떻게 된 일이냐고 물으려 했으나 말을 하니까 가슴이 찢어지는 것 같아서 오만상을 찌푸렸다.

그는 상의가 벗겨진 상태로 침상에 반듯하게 누워 있었으며, 녹상이 손바닥으로 그의 가슴을 부드럽게 문질렀다.

그녀는 그가 깨어날 때까지 한 시진 반 동안 줄곧 그러고 있었다. 상처에 부드러운 진기를 주입하고 있는 것이다.

"오빠가 갑자기 공격을 하니까 깜짝 놀라서 얼결에 반사적으로 발이 나간 거지, 뭐."

그는 녹상과의 대결 세 번째 시도에서 자신이 전력으로 공격을 시도했던 마지막 기억이 났다. 그냥 눈앞이 하얘지면서 정신을 잃었었다.

"내 발끝이 명치를 찍는 순간 오빠가 날아가면서 혼절해 버렸어. 죽는 줄 알고 내가 얼마나 놀랐는지 알아?"

"그랬었군."

도무탄은 힘겹게 중얼거리고 나서 그보다 더 힘겹게 상체를 일으켰다.

"더 누워 있어."

"아니, 너에게 할 말이 있다."

녹상이 만류하는데도 그는 부득부득 일어나 앉아 그녀를

똑바로 쳐다보았다.

"나는 내가 얼마나 허약한 존재인지 깨달았다."

"권혼을 제대로 배우지 않아서 그래."

"그래. 네 말대로 권혼을 제대로 익히고 나서 무림에 나가야겠다."

무림이라는 곳이 얼마나 무서운지 가르쳐 주려는 의도였는데 도무탄은 더욱 강한 의지를 불태웠다.

그가 자신을 똑바로 주시하는 것을 보고 녹상은 괜히 긴장이 됐다.

"너에게 제안을 하나 하겠다."

도무탄이 지금처럼 진지한 표정을 짓는 것을 그녀는 처음 보았다.

"뭔데?"

녹상은 그의 제안이 무공에 대한 것인 줄 알면서도 표정이 너무 진지해서 단칼에 거절하지 못했다.

"내가 무공을 익히도록 도와다오."

"그건……."

"그 대가로 내 목숨을 달라는 것 말고는 네가 원하는 것은 무엇이든 들어주겠다."

"……."

녹상은 자신의 목숨 빼고는 그녀가 원하는 것은 뭐든지 들어주겠다는 말에 할 말을 잃어버리고 말았다. 너무 거창하기 때문이다.

사실 그녀는 도무탄이 무림에 진출하려는 것을 무슨 일이 있어도 말리고 싶었다.

그녀가 알고 있는, 그리고 경험해 본 무림은 언제 어느 순간에 목이 달아날지 모를 정도로 살벌하기 짝이 없는 곳이며, 사방을 둘러봐도 믿을 사람이라곤 자기 자신밖에 없을 만큼 삭막하고 또 배신이 난무한 약육강식(弱肉强食)의 세계이기 때문이다.

특히 도무탄 같은 사람은 무림에서 며칠을 버티지 못하고 죽음을 당할 것이다.

그는 무공도 변변하지 못한데다가 무림인들이 아주 싫어하는 강직하고 깐깐하며 솔직한 성격이기 때문에, 좀 과장해서 말하자면 무림에 나가서 제일 먼저 마주치는 인물에게 죽음을 당할 가능성이 매우 크다.

녹상으로서는 도무탄이 마음에 들지 않았다면 그가 무림으로 가든 말든 하등의 상관할 필요가 없다.

하지만 그와 열흘 남짓 거의 밤낮으로 함께 붙어 다니면서 생사고비도 넘기고 소림무승 때문에 이상야릇한 짓거리도 하고, 그에게 치료를 받으면서 여자의 은밀한 부위까지 체념적으로 내맡기면서 지랄 맞게도 그만 그와 정이 들어버리고 말왔다.

그녀가 누군가와, 더구나 사내와 정이 들다니 상상조차도 해본 적이 없는 일이다.

누군가와 정이 든다는 것은 도둑이 가장 경계해야 할 것 중에서도 으뜸이다.

특히 여자 도둑의 경우에는 더욱 그런데도 녹상은 그만 덜컥 도무탄에게 정이 들어버렸다.

정이 들려고 해서 든 게 아니라 어느 순간 퍼뜩 정신을 차리고 보니까 이미 그렇게 돼버린 것을 그녀로서도 어쩔 도리가 없었다.

천하의 그 어떤 강심장에 목석인 여자라고 해도 그녀와 똑같은 상황에 처해서 십여 일 동안 도무탄과 함께 생활했다면 그녀보다도 더 정이 흠뻑 들었을 것이라고 그녀는 목에 핏대를 세우면서 장담할 수 있다.

"뭐든지 다?"

"그래. 뭐든지 다."

도무탄의 조건을 다시 한 번 확인하고 난 녹상은 마른침을 삼켰다.

너무 엄청난 조건이라서 갑자기 배가 터질 것처럼 불렀다. 그리고 순간적으로 그에게 뭘 해달라고 하지? 라는 생각이 들었다가 그가 도대체 무엇 때문에 이처럼 절박한 것인지에 대해서 궁금해졌다.

“왜 그렇게까지 무림에 가려는 건데?”

“어… 그건 말이지.”

도무탄은 별것 아니라는 듯한 얼굴로 어떤 얘기를 하기 시작했다.

웬만한 일로는 놀라는 일이 없는 녹상은 그의 말에 놀라서 눈을 크게 떴다.

그녀는 도무탄이 툭 하면 은자 천만 냥 줄게, 백만 냥 줄게 하고 떠들어대기에 부모로부터 어마어마한 유산이라도 물려받았을 것이라고 막연히 생각했었다.

그래서 그를 돈만 겁나게 많은 철없는 부잣집 공자님 정도로 여겼었다.

그런데 그의 얘기를 들어보니 그게 아니었다. 녹상의 짐작은 하나도 맞는 게 없었다.

그야말로 똥구멍이 찢어지게 가난했던 그의 어린 시절에 대해서 들을 때는 설마 그 정도로 가난한 사람이 세상천지에 어디 있겠느냐고 의구심이 들었다.

하지만 그런 사람들이 실제로 존재했다. 그게 바로 도무탄네 가족이었다.

만난 지 십여 일밖에 되지 않았지만 녹상은 도무탄이 거짓말을 하는 것을 보지 못했었다.

언제 들어왔는지 한쪽 구석에 앉은 소진이 자기네도 그렇게 가난했다면서 찔찔 울었다.

"그런데 나는 십여 년 만에 태원성 제일부자가 됐다."

그 말 역시 발버둥을 동동 치면서 혼비백산할 일이다. 그토록 가난했었던 그가 불과 십여 년 만에 태원성 최고 부자가 된 것이다.

그동안 그가 어떤 고난을 겪으면서 지금의 자리에 올라왔을지는 어렵지 않게 상상이 됐다. 녹상은 그가 새삼스럽게 존경스러웠다.

"그러면 됐잖아."

녹상은 그런 말로는 그를 포기시키지 못할 것이라는 걸 알면서 무력하게 내뱉었다.

도무탄은 빙그레 미소 지었다.

"나는 천하제일부자가 되고 싶다."

"뭐어……."

녹상은 전혀 예상하지 않았던 말에 기가 막힌다는 표정을 지었다.

"그리고 무림제일고수가 되고 싶다."

"너 미쳤냐?"

어이가 없는 녹상은 오빠라고 불러야 한다는 사실마저도 망각했다.

도무탄은 녹상을 똑바로 주시하다가 두 손으로 바닥을 짚고 넙죽 이마가 바닥에 닿도록 고개를 숙였다.

"도와다오. 부탁한다."

"허어……."

第十四章

천신권격(天神拳擊)

등롱기

도무탄과 녹상이 만난 지 십육 일째.

도무탄의 요구를 녹상이 받아들인 지 오늘로써 닷새째.

두 사람은 지난 닷새 동안 서림장 후원의 동떨어진 아담한 별채에서 생활하고 있는 중이다.

소진의 시중을 받으며 두 사람은 닷새 동안 전각에서 한 발도 밖으로 나오지 않았다.

도무탄의 지시를 궁효가 해룡방 내, 외상단에 알려서 청원현에 내려가 있던 그들을 다시 태원성으로 원상복귀시켰으며 해룡방은 별일 없이 잘 돌아가고 있다.

진권문 문주를 비롯하여 세 아들이 처참하게 의문의 죽음을 당하고, 천보궁에 있던 방현립의 막내딸과 수제자가 감쪽같이 증발을 해버린 사건으로 인해서 태원성은 뒤숭숭했다.

하지만 그것은 어디까지나 태원성과 진권문의 얘기고 난촌 서림장은 더없이 평화로웠다.

간밤에 제법 많은 눈이 내려서 온 천지가 은세계로 변해 반짝이고 있었다.

"헉헉헉… 아이고 죽겠다……."

온몸이 땀범벅이 된 도무탄이 어깨를 늘어뜨리고 비틀거리면서 헐떡였다.

이른 새벽에 일어나서 아침 식사를 할 때까지 한 시진 반 동안 수련을 하고, 아침 식사 이후 벌써 두 시진이 넘도록 잠시도 쉬지 않고 수련을 했으므로 극도로 지쳐서 쓰러졌어도 진즉 쓰러졌어야 했다.

이것저것 지도하고 가르치는 녹상도 꽤 지쳤는데 무공도 모르는 도무탄은 오죽하겠는가.

그녀는 대전 한가운데 바닥에 털썩 주저앉으면서 흐르는 땀을 닦았다.

"좀 쉬었다가 하자."

턱!

도무탄은 그 자리에 고꾸라지듯이 쓰러지면서 녹상의 허벅지를 베고 누웠다.

"헉헉… 무공 배우다가 사람 잡겠다……."

"그럼 지금이라도 포기하든가."

녹상은 품속에서 손수건을 꺼내 땀범벅인 그의 얼굴을 닦아주었다.

도무탄은 그녀의 말이 말 같지 않은지 대꾸도 하지 않고 눈을 감았다.

그는 방금 물속에서 나온 것처럼 머리끝에서 발끝까지 흠뻑 젖었다.

그가 중점적으로 배우고 있는 것은 크게 두 가지인데 경공술과 권혼심결의 이, 삼 초식이다.

경공은 녹상의 신법(身法)과 보법(步法)이다. 그녀는 자신의 경공을 도무탄에게 가르쳐 주고 있으니 정말 큰 결단을 내렸다고 할 수 있다.

그녀의 검법이 비류검인 것처럼 경공도 비류행(飛流行)과 비류보(飛流步)이다.

비류행과 비류보가 타의 추종을 불허할 만큼 일절(一絶)은 아니다.

하지만 녹상의 부친 녹향이 수백 차례의 도둑질을 하는 과정에서 한 번도 붙잡히지 않았다는 사실과, 녹상이 삼 년 반

동안이나 소림사 추격대로부터 도망치고 있는 것을 보면 실로 대단한 경공인 것을 짐작할 수 있다.

녹상은 도무탄의 결심이 무슨 방법으로도 움직이지 않을 만큼 확고하다는 사실을 확인하고는 자신이 할 수 있는 최대한의 노력을 기울여서 그를 돕기로 마음먹었다.

그녀가 도와주면 그가 자신의 목숨 빼고는 다 해주겠다고 약속한 것 때문만은 아니다.

그것을 전혀 도외시할 수는 없지만 그것보다는 정에 더 끌렸다고 할 수 있다.

"점심 식사 후에는 뭐 할 거야?"

도무탄은 녹상이 땀을 닦아주는 대로 몸을 맡기고는 눈을 감은 채 이대로 놔두면 곧 잠이 들어버릴 것 같은 혼곤한 얼굴로 물었다.

"권초이식(拳招二式)을 하자."

"음. 좋아."

권혼심결 이 초식을 녹상은 줄여서 그렇게 부른다.

지난 닷새 동안 도무탄은 녹상에게서 비류행과 비류보를 배웠으며, 또 권초이식과 삼 초식을 같이 연구, 궁리하여 약간의 진전을 보았다.

슥—

"이대로 좀 누워서 쉬다가 밥 먹고 할까?"

도무탄은 몸을 돌려 그녀의 아랫배에 얼굴을 묻으면서 중얼거렸다.

"그러도록 해."

녹상은 그의 흠뻑 젖은 뒷머리와 뒷목의 땀을 부드럽게 닦아주었다.

그녀는 이날까지 누군가에게 단 한 번도 이런 친절과 다정함을 보였던 적이 없었다.

죽은 부친도 마찬가지였다. 부친은 그녀에게 엄하기만 했었지 따스한 기억은 전혀 없다.

또한 그녀는 자신이 누군가에게 이런 행동을 취하고 있다는 사실이 믿어지지 않았다.

그러면서도 기분이 좋다. 아주 어렸을 때 희미한 기억이지만, 엄마가 따뜻한 물에 목욕을 시켜주었을 때 아마 이런 기분이었던 것 같았다.

도무탄과 함께 있으면 그에게서 보호를 받고 있으면서 동시에 그를 보호해주고 있다는 기묘한 이중보호의 상황이 느껴져서 그것이 마음에 들었다.

"킁… 무슨 냄새지?"

녹상의 아랫배 쪽에 얼굴을 박은 도무탄이 코를 씰룩이며 중얼거렸다.

"무슨 냄새?"

녹상은 그의 옷 속으로 손을 넣어 등의 땀을 닦아주면서 지나가는 말처럼 물었다.

"응. 무슨 퀴퀴하고 생선 썩는 것 같은 냄새가 나는데?"

"……!"

녹상이 움찔하는데 도무탄은 그녀의 허벅지에서 머리를 들고 그녀의 복부 아래 사타구니를 쏘아보았다.

"너… 거기서 나는 냄새로군?"

"이 인간아! 닷새 동안 목욕도 하지 않고 밤낮없이 하루 종일 땀투성이가 되면 너라고 냄새 안 날 것 같으냐?"

툭…….

"어?"

빠걱!

"왁!"

녹상은 누워 있는 도무탄을 가볍게 툭 차올렸다가 발뒤꿈치로 등짝을 내질러 버렸다.

도무탄과 녹상이 한창 점심 식사를 하고 있는 중에 궁효가 찾아왔다.

쿵!

궁효는 두 손으로 들고 온 하나의 나무상자를 탁자 옆 바닥에 내려놓았다.

"말씀하신 물건이 완성되었기에 가져왔습니다."

"앉아서 밥 같이 먹자."

도무탄이 궁효를 자기 옆에 앉히자 소진이 발딱 일어나 재빨리 밥그릇과 젓가락을 가져왔다.

"성내에 변화가 조금 있었습니다."

궁효는 밥을 먹으면서 보고했다. 그는 많은 점에서 도무탄을 존경하고 또 좋아하는데, 그중에서 그가 자신을 친형제나 가족처럼 허물없이 대해주는 것을 진심으로 고마워한다. 지금처럼 말이다.

"무림인이 더 많이 모여들었습니다. 대략 천여 명쯤 됩니다. 권혼이라는 것을 차지하려는 목적이라고 하는데, 그것 때문에 성내 곳곳에서 무림인들끼리 싸움과 살인이 끊임없이 벌어지고 아비규환입니다."

"너희는 피해가 없느냐?"

궁효는 쓴웃음을 지었다.

"무림인들이 권혼이라는 것과 녹향을 찾아내라면서 성내의 하오문들을 온통 들쑤시고 돌아다니는 통에 아주 죽을 맛입니다. 더러는 돈을 주기도 하지만 대다수는 죽이고 멸문시키겠다면서 윽박지르는 바람에 하오문들은 죽지 못해 따르고 있습니다."

배불리 먹은 녹상이 트림을 해댔다.

"끄억! 소림사 땡중들이 태원성을 떠나지 않고 있으니까 무림인들은 권혼을 갖고 있는 녹향이 아직 태원성이나 근처에 있을 것이라고 믿는 거야."

그녀는 자기 부친 녹향을 마치 남처럼 말했다.

도무탄이 신경 쓰이는 사람들이 바로 소림무승이다.

"소림무승들은 뭘 하고 있더냐?"

"그게……."

궁효는 이게 바로 본론인 듯 긴장한 얼굴로 젓가락을 내려놓았다.

"저희가 알아보니까 소림무승들은 개방 태원분타와 긴밀하게 협조하고 있었습니다. 그리고 그들 중에 몇 명은 대형을 찾고 있는 것 같았습니다."

"나를? 왜?"

"진권문에 찾아가서 문주 방현립을 만났다고 하는 소림무승 두 명이 며칠 전에는 천보궁에 찾아갔었고, 또 해룡방 내, 외상단에도 찾아와서 대형에 대해서 꼬치꼬치 캐물었다고 합니다."

"흠. 어쩌면 그 두 명은 내가 방현립과 그의 자식들을 죽였을 것이라고 의심하는 모양이로군."

도무탄은 그 두 명이 진권문에서 봤던 두 명의 소림무승일 것이라고 생각했다.

"의심해 봤자 아무런 소용이 없어. 우리가 방현립과 자식들을 죽인 것하고 권혼하고는 전혀 상관이 없으니까 말이야. 땡중들은 지금 무슨 일만 생기면 그것과 권혼을 연결시키려고 발버둥을 치고 있어."

녹상 말이 맞다.

도무탄은 식사를 다 하고 젓가락을 내려놓았다.

"그런데 막태 가족은 어찌 되었느냐?"

그는 죽은 막태의 부인과 자식, 동생들에게 후한 보상을 해주라고 지시했었다.

"그건……."

산도적처럼 생긴 궁효는 조금 얼굴을 붉혔다.

"무슨 일이 있느냐?"

"제가… 거둘 생각입니다……."

뜻밖의 말이라서 영리한 도무탄으로서도 잘 이해가 되지 않았다.

"거둬? 누굴?"

"제… 수씨를 제가 거두겠습니다."

"어……."

도무탄은 적잖이 놀라는 표정을 지었다가 호탕한 웃음을 터뜨리며 궁효의 어깨를 두드렸다.

탁탁탁!

"정말 잘 생각했다! 그게 최고로 좋은 방법이다!"

"과찬이십니다."

궁효는 몸 둘 바를 몰랐다.

"아니다. 막태 처, 아니, 보화(普華) 나이가 이제 겨우 스물두 살인데 청상과부가 돼버려서 그걸 제일 염려했었는데 네 여자로 맞이한다니 내가 너에게 빚을 진 셈이다."

"대형, 그런 말씀은 감당하기 어렵습니다."

큰 짐을 벗은 도무탄은 싱글벙글했다.

"그래, 보화는 뭐라고 하든?"

"아직 말을 꺼내지 못했습니다."

"그래?"

막태의 부인은 대단한 미인이며 심지가 올곧은 여자라서 다른 남자, 더구나 남편의 상전인 궁효를 쉽사리 새로운 남자로 받아들이려고 하지 않을 것이다.

그렇더라도 궁효가 그런 결심을 했다는 것은 절반은 성공했음을 의미한다.

"내게 데리고 와라."

"네?"

"보화하고 가족들 말이다."

"아… 알겠습니다."

사실 궁효는 죽었다가 깨어나도 자신의 힘으로는 막태 부인 보화를 아내로 거두지 못할 것이다.

그가 못나고 결격사유가 있기 때문이 아니라 죽을 때까지 아이들을 키우면서 독수공방하겠다는 보화의 고집을 꺾지 못할 것이기 때문이다.

기각…….

도무탄은 궁효가 갖고 온 상자를 밀실로 갖고 들어가서 열고는 그 안에 들어 있는 두 벌의 얇은 옷 중에서 한 벌을 녹상에게 내밀었다.

"이게 뭐야?"

"받아라."

그것은 매미날개처럼 얇고 투명한 옷이었다.

"어……."

무심코 받아 든 녹상은 옷이 너무 가벼워서 아무것도 들지 않은 것 같은 느낌이라 가볍게 놀랐다.

도무탄은 상자에서 또 한 벌의 옷을 꺼내서 펼치면서 설명했다.

"작년에 천산(天山)에 사는 소수부족의 족장이 나한테 갖고온 것인데 언젠가 쓸모가 있을 것 같아서 구입했다. 설잠운금(雪蠶雲錦)이라는 것이다."

"설잠운금? 그게 뭔데?"

녹상은 그런 이름을 처음 들었다.

"그 족장 말로는 설잠운금으로 옷을 만들어서 입으면 여러 가지 좋은 효과가 있다는군."

"무슨 효과?"

녹상은 살색의 얇은 옷을 펼쳐보았다. 그건 옷이라기보다는 얇은 한지를 물에 적신 것 같았다.

"더위와 추위, 불(火)은 물론인데다 독(毒)까지지도 막아주고, 입고 있으면 창칼이 침입하지 못한다는 거야."

"정말?"

녹상은 믿지 못하겠다는 듯 눈을 동그랗게 떴다.

"그게 정말이라면 엄청난 건데… 얼마에 샀는데?"

"오십만 냥."

녹상은 고개를 끄떡였다.

"그 정도면 적당한 가격인 것 같네."

"그렇지? 이런 물건을 금화 오십만 냥에 샀다는 것은 정말 행운이었다."

"금화… 였어?"

"천산 소수부족 족장은 금화를 좋아하더라고."

"끙……."

금화 한 냥에 은자 오십 냥이니까 금화 오십만 냥이며 은자 이천오백만 냥을 주고 샀다는 것이니 녹상이 기가 질리지 않을 수가 없다.

"설잠운금 실(絲)이 넉넉하기에 네 것까지 만들어 오라고 궁효에게 시켰었다."

"……."

그가 대수롭지 않게 하는 말에 녹상은 벌겋게 단 뜨겁고 날카로운 창으로 가슴 한복판을 쿡 찔린 것처럼 먹먹한 느낌을 받았다.

모친은 녹상을 낳은 직후에 숨을 거두었으며, 부친 녹향은 어린 녹상을 어떻게 키웠는지는 모르지만 그녀가 철이 든 이후의 기억으로는 부친으로부터 따뜻한 말 한마디, 눈길 한 번 받은 적이 없었다.

그렇게 자란 녹상은 인생 최고의 목표가 자연스럽게 돈을 많이 버는 것이 되었다.

어린 시절에 가족애라든지 정을 받지 못하고 성장한 사람의 대다수가 그러하듯이 그녀 역시 자신이 믿을 것은 오로지 돈뿐이라고 생각하며 억척스럽게 돈을 모았었다.

정이나 행복에 대해서 모르니까 돈이 많으면 행복해질 것이라고 단순하게 생각한 것이다.

그녀는 부친 녹향의 진전을 고스란히 물려받았으며 열다섯 살 때부터 독단적으로 도둑질을 하고 다녔었다.

사람들은 그녀의 도둑질하는 수법을 보고 녹향에게 도둑

맞았다고 소문을 냈다.

그런 그녀가 이런 시골구석에서 실로 우연찮게 도무탄을 만나 새로운 인생사를 쓰고 있다.

"왜 나한테 이렇게 잘해주는 거야?"

녹상은 도무탄을 만난 이후부터 연속적으로 느끼는 기묘하고도 야릇하며 따스한, 그래서 싫지 않은 기분이 조금 두려워졌다.

슥—

"인석아. 오빠가 동생에게 이런 것 하나 해주는 게 뭐가 이상한 거냐?"

"오빠……."

"어디 입어보자."

도무탄은 그 자리에서 태연하게 옷을 훌훌 벗으면서 녹상에게 말했다.

"너도 입어봐라. 맞지 않으면 이걸 만든 사람에게 고쳐달라고 말해야 하니까."

녹상은 옷을 전부 벗어야 한다는 사실에 반사적으로 조금 멈칫했으나 거부반응은 전혀 느끼지 못했다.

옷을 훌훌 벗고 있는 도무탄을 보면서도 가슴이 두근거리고 짜릿한 기분은 들지만 흉측하다거나 시선을 돌려야 한다는 생각은 들지 않았다.

마침내 도무탄이 옷을 다 벗고 어린 사내아이마냥 음경을 덜렁거리기까지 하는데도 그녀는 그것을 응시하며 조금 전보다 심장이 더욱 세차게 두근거렸지만 단지 그것뿐 이게 잘못된 행동이라거나 도무탄이나 자신이 엉큼하다는 생각은 들지 않았다.

참 이상한 일이다. 녹상은 열아홉 살 소녀로서 거의 완벽하게 성숙한 여자인데도 도무탄의 나신을 보는 것이나 아니면 그의 앞에서 옷을 벗고 나신이 되는 것쯤으로는 전혀 부끄러움을 느끼지 않는 이상한 면역이 생겨 버렸다.

하긴, 서로에게 성욕을 느끼면서 직접적인 정사만 하지 않았을 뿐이지, 이미 갈 데까지 다 간 이들 두 사람이 서로에게 부끄러움을 느끼고 내외를 한다는 것이 외려 이상한 일일 것이다.

"그런데 내 치수를 제대로 알고 옷을 만든 거야?"

녹상은 의아한 표정을 지었다.

"내가 네 치수를 적어서 보냈었다."

"오빠가 어떻게 내 치수를 알아?"

"내가 널 한두 번 안아봤냐? 네 몸 구석구석 모르는 곳이 없는데 그깟 치수쯤 뭐 대수냐?"

몸 구석구석이라는 말에 녹상은 얼굴이 화끈했다. 하긴 천하에 도무탄만큼 그녀의 몸에 대해서 잘 알고 있는 사람은 아무도 없을 것이다.

그런 생각이 드니까 부끄러움보다는 외려 마음이 훈훈해지는 것을 느꼈다.

두 사람은 옷을 다 벗어 나신이 되고는 각자 자신의 설잠운금의(雪蠶雲錦衣)를 펼쳤다.

스륵…….

설잠운금의를 모아서 쥐면 한주먹도 되지 않을 정도로 부피가 작았다.

그리고 얇기로 치면 매미날개보다 더 얇았으며, 신축성이 뛰어나서 잡아당기면 죽죽 늘어났고 가만히 놔두면 갓난아기에게조차 입힐 수 없을 정도로 작아졌다.

두 사람은 자신들의 설잠운금의를 잡아당기고 늘어뜨리면서 입기 시작했다.

옷은 희한하게도 상하의가 하나로 붙었다. 등허리에 가로로 가늘게 터진 부분이 있어서 그곳으로 머리와 상체를 넣어서 입고는, 다시 두 다리를 아래쪽으로 집어넣은 다음에 등허리의 끈을 바싹 조이면 된다. 그렇지만 말은 쉬운데 직접 입는 것은 말처럼 쉽지가 않다.

"아유… 잘 안 돼……."

설잠운금의에 머리를 집어넣은 녹상이 잔뜩 쪼그라드는 수축력 때문에 두 팔을 끼지 못해서 버둥거렸다.

이미 위쪽을 다 입고 다리를 집어넣으려던 도무탄은 그녀를 보고 빙그레 미소 지었다.

"너는 걸리는 부위가 있어서 그렇구나."

"으음… 그게 무슨 소리야?"

"이거 말이다."

도무탄이 그녀 앞에 서서 아래에서 위로 떠받치듯이 건드리자 풍만한 젖가슴이 출렁거렸다.

"뭐하는 거야? 어서 좀 도와줘."

그녀는 머리가 아직도 옷 속에 있는 상태인데 너무도 작은 옷이 커다란 젖가슴에 걸려서 아래로 내려가지 않는 바람에 애를 먹고 있었다.

설잠운금의는 터진 부분이 목과 등허리뿐이기 때문에 도무탄은 그녀의 뒤에 찰싹 붙어 서서 등허리로 두 손을 찔러 넣어 그녀를 감싸듯이 안고는, 한 손으로 젖가슴을 그러잡고 지그시 누르며 옷을 아래로 잡아당겼다.

스슥—

"이제 양쪽 팔을 집어넣어봐."

"움……."

그는 녹상이 양쪽 팔을 구멍으로 잘 집어넣을 수 있도록 도와주었다.

"푸아……."

어렵사리 그녀의 머리가 위쪽으로 튀어나왔고 잠시 후에 두 손이 좁은 구멍 사이로 비집고 나왔다. 한 번도 본 적은 없지만 그것은 아마도 임산부가 아기를 낳을 때와 비슷할 것 같았다.

도무탄은 젖가슴을 이리저리 움직여서 위치를 제대로 잡아주었다.

"막 자기 것처럼 만지고 있어."

"그럼 네가 할래?"

"……."

젖가슴을 내맡긴 녹상이 괜히 멋쩍어서 한 소리를 하니까 도무탄은 유두가 옷에 쓸리지 않도록 마지막 마무리를 하다가 뚝 멈추었다.

그녀는 아무 말도 하지 않고 그냥 가만히 있었다. 하던 일을 계속하라는 뜻이다.

그러면서 앞으로도 영원히 자신의 몸을 이렇게 제멋대로 다루는 사람은 천하에서 도무탄 한 명뿐이어야 한다고 새삼스러운 다짐을 했다.

슥—

"자. 이제 다리 넣어봐."

"자세가 안 돼."

번쩍!

"아……."

도무탄은 녹상을 가볍게 들어 올려 침상으로 가서 앉히고는, 그녀가 다리를 넣기 편하도록 앞쪽에서 하의 양쪽을 잡아 주었다.

"이제 넣어봐."

그러다 보니까 녹상은 침상에 벌렁 누워 두 다리를 들어 올린 자세가 되어서 은밀한 부위가 환하게 노출이 되었다.

"이… 익……."

녹상은 좁디좁은 구멍에 다리 한쪽을 넣으려고 버둥거리다 보니까 자연히 다리가 벌어졌다.

"들여다보지 마!"

"그렇게 말하는 게 더 이상하지 않냐?"

"……."

우여곡절 끝에 그녀는 겨우 설잠운금의를 입는 데 성공했으나 기진맥진하여 침상에 누워서 할딱거렸다.

"학학… 이거 안 입으면 안 돼?"

"이젠 나 좀 도와줘야지."

도무탄은 상체는 제대로 잘 입었는데 다리를 집어넣지 못해서 녹상 옆에 누워 버둥거리고 있었다.

녹상은 발딱 일어나서 조금 전에 그가 했던 것처럼 앞쪽에서 다리를 잘 넣을 수 있도록 도와주었다.

그런데 보지 않으려고 해도 도무탄이 두 다리를 버둥거릴 때마다 굵직하고 긴 음경이 이리저리 흔들리는 것이 무척이나 신경 쓰여서 눈길이 저절로 갔다.

"오빠 옷은 잘못 만든 것 같아."

한쪽 다리가 제대로 들어가고 남은 한쪽 다리를 구멍에 넣으면서 녹상이 중얼거렸다.

"어째서?"

"다리는 셋인데 바지 구멍은 두 개뿐이잖아."

그녀는 그렇게 말을 하고 나서도 뭔가 싸아… 한 느낌이 등골을 스쳤다.

"푸핫핫핫핫―! 네 말이 맞다… 윽……!"

도무탄은 유쾌하게 웃다가 신음을 흘렸다.

"상아. 거기… 꼈다."

설잠운금의를 위아래 제대로 다 입게 되자 딱 한 부위, 갈 곳 없는 부위가 말썽을 일으켰다.

음경이 한쪽 허벅지에 딱 달라붙어서 극도의 조임을 당하게 되자 매우 아팠다.

설잠운금의는 거의 투명한 흰색이어서 그의 가련한, 그러면서도 기형적으로 큰 음경이 한쪽 허벅지에 잔뜩 조여서 당장에라도 터질 것 같은 모습이 똑똑하게 보였다.

"다리 벌리고 똑바로 서봐."

녹상은 그의 앞에 무릎을 꿇고 앉아서 사타구니 쪽을 살펴보았다.

설잠운금의를 만든 사람이 이처럼 옷을 찰싹 달라붙게 만들었으면 남자의 음경을 처리할 수 있는 방도를 무시했을 리가 없을 것이라는 생각이다.

과연 그녀의 예상이 맞았다. 사타구니에는 그녀의 주먹이 겨우 들어갈 정도의 세로로 그어진 구멍이 하나 뚫려 있었다.

말하자면 그곳을 통해서 음경과 음낭을 밖으로 내놓으라는 뜻이다.

"어찌 됐느냐? 빨리 해라 터지겠다……!"

도무탄의 다급한 성화를 들으면서도 녹상은 그를 나무라지 못했다.

그녀가 보기에도 음경이 지나치게 쪼그라들어서 곧 터질 것만 같았기 때문이다.

스윽…….

그녀는 사타구니의 구멍으로 손을 비집고 넣어서 어렵사리 음경을 잡았다.

발기하지 않은 상태에서도 음경의 굵기가 그녀의 손목보다 훨씬 더 굵은 것 같았다.

더구나 그것을 무릎 꿇은 자세에서 바로 코앞에서 보게 되니까 징그럽다는 생각과 신기하다는 생각이 복잡하게 머릿속을 오락가락했다.

"아… 아프다."

"왜 그래?"

녹상은 음경을 잡아서 구멍 쪽으로 빼내려다가 멈추고 그를 올려다보았다.

도무탄은 일그러진 얼굴로 허리를 구부정한 자세를 취했다.

"사… 상아… 원래 화살과 활은 하나란다… 으으……."

녹상은 순간적으로 그의 말이 무슨 뜻인지 모르고 자신이 꽉 붙잡은 채 잡아당기고 있는 음경을 멀뚱히 쳐다보다가 미처 따라오지 못하고 허벅지 쪽에 들러붙어 있는 활, 아니, 음낭을 발견하고 확연히 깨달았다.

"아… 활이……."

활은 거기에 놔둔 상태에서 화살만 힘껏 잡아당겼으니 활이 부러지거나 활시위가 끊어질 위기에 처한 것이다.

그녀는 다시 손을 움직여서 음경과 음낭을 한꺼번에 힘껏 잡았다.

물커덩…….

'뭐… 뭐야 이 느낌은…….'

살아 있는 문어나 낙지를 움켜잡은 느낌이라서 그녀는 뒷골이 당겼다.

그런데 문어를 잘 잡고 끄집어내려고 시도하는데도 여의치가 않았다.

'맙소사… 사내들은 이렇게 크고 무거운 것을 어떻게 일평생 매달고 살아야 하는 거람?'

천신만고 끝에 화살과 활이 구멍 밖으로 덜렁 빠져나왔다.

철퍽!

"아!"

그런데 좁은 곳에서 잔뜩 수축되었던 음경이 밖으로 튀어나오면서 녹상의 얼굴을 갈겼다. 그것도 하필이면 주둥이를 중점적으로 때려 버렸다.

"에엣… 퉤!"

그것도 모르는 도무탄은 기진맥진해서 침상에 털썩 주저앉았다.

"으휴… 고맙다."

녹상은 땀과 이상한 액체로 끈적거리는 자신의 손과 입술에서 뭔가 턱을 타고 주르르 흘러내리는 것을 느끼며 눈살을 잔뜩 찌푸리고 손등으로 닦다가 문득 어떤 생각이 머리를 스쳤다.

'혹시 나도?'

그녀는 침상에 두 다리를 벌리고 앉아서 고개를 잔뜩 숙인 채 자신의 사타구니를 들여다보았다.

그런데 도무탄하고는 달리 그곳이 막혀 있는 걸 보고 어이 없는 표정을 지었다.

"이렇게 막혀 있으면 볼일 볼 때마다 이걸 벗어야 하는 거야? 매번 그 짓을 어떻게 해?"

"어디 보자."

도무탄이 그녀 앞쪽으로 가서 살펴보다가 손을 뻗었다.

"막히지 않았다."

"구멍이 있어?"

"옷을 잘못 입어서 구멍이 둔부 쪽으로 갔다."

스슥—

그는 옷을 잡아당겨서 구멍이 제대로 사타구니에 위치하도록 잘 조정해 주었다.

"됐다. 이러면 볼일 보는 데 문제가 없을 거다."

녹상은 자신의 옥문을 손바닥으로 톡톡 두드리는 도무탄을 보면서 한 가지 사실을 깨달았다. 그는 그녀를 여자로 여기지 않는 것이 분명했다.

두 사람은 설잠운금의 위에 옷을 입고 다시 무공연마를 시작했다.

처음에는 설잠운금의가 몸을 꽉 조여서 거북했으나 시간이 지날수록 그리고 몸을 움직일수록 옷과 몸이 하나가 되어 결국에는 한 시진이 지나기도 전에 설잠운금의를 입었다는 사실조차도 잊어버리게 되었다.

도무탄은 혼자서 권혼심결을 연구했을 때 일 초식은 오른팔에 스며든 권혼을 일깨우는 운공조식이고, 이 초식과 삼 초식은 권법초식일 것이라고 짐작했었다.

그의 짐작은 절반만 맞았다. 그가 외우고 있던 세 개 초식의 구결을 모두 글로 써서 녹상에게 보이고 그녀가 세심하게 살펴본 결과, 일 초식은 권혼을 일깨울 뿐만 아니라 하나의 독립적인 심법구결이라는 사실을 밝혀냈다.

이 초식은 도합 네 개의 변화로 이루어진 무공초식이었으며, 삼 초식이 무엇인지는 끝내 알아내지 못했다.

그렇지만 일 초식이 하나의 심법구결이며, 이 초식이 네 개의 초식변화라는 사실을 알아낸 것만으로도 큰 소득이다.

도무탄은 오른팔에 권혼력을 주입하지 않은 상태에서 녹상을 상대로 초식변화를 연마했다.

녹상은 이 초식을 천신권의 공격 수법이라는 뜻으로 천신권격(天神拳擊)이라고 불렀다.

제일변 천쇄(天碎).

권혼력을 주먹에 집중하여 표적을 때려서 말 그대로 부수는 수법이다.

어떤 특별한 변화가 아니라 권혼력을 한 곳에 집중하여 쏟아내는 것이다.

일전에 도무탄이 천상옥화의 가슴을 때렸을 때에는 초식 같은 것을 모르는 상태에서 그냥 때렸기 때문에 충격이 그 정도에 그쳤었다.

그러나 천쇄의 수법으로 권혼력을 강타했다면 천상옥화는 가슴이 관통되어 그 자리에서 즉사하고 말았을 것이다.

제이변 신절(神折).

이것은 일종의 금나수법(擒拏手法)이라고 할 수 있으며, 손을 스치듯이 빠르게 훑으면서 적의 몸을 꺾고 부러뜨리며 비트는 수법이다.

팔다리든 몸통이든 어디 한 군데 스치기만 하면 작살이 나고 만다.

스치는 순간에 다섯 손가락을 이용하여 특정 부위를 꺾고 부러뜨리며 비트는 것이다.

제삼변 권풍(拳風).

이름 그대로 주먹에서 바람을 뿜어낸다. 절정에 이르면 단단한 바위에 한 뼘 깊이의 자국을 찍을 수 있고 무려 십 장 거리까지 발출할 수 있다.

장풍(掌風)이나 권풍은 구대문파에서도 장문인이나 장로 정도 돼야 흉내라도 낼 수 있는 무림인이라면 어느 누구라도 최종의 목표로 삼고 있는 꿈의 절학이다.

제사변 격광(擊光).

너무 빠른 수법이라서 차라리 빛(光)이다.

격광은 하나의 독립된 초식으로 사용할 수도 있지만, 일 변 천쇄와 이변 신절, 삼변 권풍과 병행하여 전개하면 그 초식들이 빛처럼 빨라진다.

천쇄, 신절, 권풍, 격광이라는 네 개의 이름은 녹상이 지었으며, 천신권격에서 천, 신, 권, 격 각 한 글자씩을 따왔다.

第十五章

최고가 되자

등룡기

투다닥… 타닥…….

"느려! 더 빠르게!"

도무탄과 녹상은 점심 식사를 한 이후 벌써 세 시진째 한시도 쉬지 않고 천신권격을 연마하고 있다.

천하제일부호와 무림최고수를 새로운 목표로 정한 도무탄은 밥 먹고 잠자는 시간조차도 아까웠다.

녹상은 도무탄이 목표를 이루는 데 최소한 십 년은 걸릴 것이라고 생각했다.

그것도 그가 천신권의 권혼을 지니고 있기 때문에 그렇게 생각한 것이다.

그렇지만 권혼을 갖고 있다고 해서 무조건 무림최고수가 되는 것이 아니다.

권혼을 완전히 자신의 것으로 만들어야 하고 그것을 발휘하기 위한 공력이나 여러 조건이 밑받침되어야 하는데 그것을 이루는 데 십 년을 잡은 것이다.

도무탄은 아홉 살 어린 나이에 거지꼴로 태원성에 처음 도착해서 반드시 태원성에서 제일가는 부자가 되겠다고 결심했을 때보다 지금의 결심이 더욱더 확고하다.

더구나 그는 태원성 최고 부자가 되겠다는 첫 번째 목표를 이룬 상태다.

그래서 모든 것이 그때보다 훨씬 좋은 조건이고 여건이다. 밑바닥에서가 아니라 물질적으로든 심적으로든 풍족한 상태에서 시작하는 것이다.

그러므로 녹상의 생각하고는 달리 그는 자신이 독한 마음만 먹으면, 그리고 노력을 게을리 하지 않으면 기필코 목적을 이룰 수 있을 것이라고 믿었다.

소진은 주방에 저녁 식사를 다 차려놓았는데 두 사람의 무공연마를 감히 방해하지 못했다.

휘익! 휙! 휙!

도무탄은 뒷걸음질 치고 있는 녹상에게 접근하면서 오른

손만을 부지런히 움직여 공격하고 있다.

그는 태어난 이래 이렇게 빠른 동작으로 움직이는 것이 처음이다. 정식으로 무공을 배우는 것이 처음이니까 그럴 수밖에 없다.

그는 천신권격 네 개의 초식변화를 오로지 오른손으로만 전개해야 한다.

원래 권법은 양손과 양쪽 다리를 다 사용하는 것이 상식이지만 도무탄은 그럴 수가 없는 처지다.

솜방망이나 다를 바 없는 그의 왼손과 두 다리로 적을 때린다면 그저 간지럽기만 할 것이다. 그래서 왼손이나 두 다리로 연마하지 않는 것이다.

그러다 보니까 자세가 많이 이상하다. 오른손으로만 공격하니까 뒤뚱거리게 되어 어쩔 수가 없는 일이다.

지금 도무탄이 익히고 있는 것은 제일변 천쇄와 제이변 신절의 동작이다.

제대로 연마를 하려면 오른팔의 권혼력을 일으켜야 하는데 그러다가 자칫 녹상이 맞기라도 하면 치명상을 입거나 재수가 없으면 죽을 수도 있어서 그러지 못하고 있다.

그러므로 지금은 언제든지 마음만 먹으면 원하는 변화가 전개될 수 있도록 동작을 완벽하게 몸에 배고 익혀야 하는 것이 우선이다.

"발은 뭐해? 비류보 배운 건 언제 써먹을 거야? 그게 아니면 아직도 제대로 전개하지 못하는 거야?"

"아……."

녹상이 바락 소리를 지르자 도무탄은 새로운 사실을 깨닫고 나직한 탄성을 토했다.

그는 지금 제이변 신절을 전개하고 있는데, 녹상이 요리조리 미꾸라지처럼 잘 피하는 반면에 그는 도저히 그녀를 따라잡을 수가 없어서 애를 태우고 있던 중이다.

그런데 권법을 전개하면서 동시에 발로는 보법을 병행할 수도 있다는 사실을 처음으로 깨달았다. 머리로는 알고 있었는데 몸으로는 처음 깨달은 것이다.

"오빠, 권혼력을 일으켜서 공격해 봐."

도무탄이 보법 비류보를 전개하려는데 녹상이 한술 더 떠서 주문했다.

맨손으로는 도저히 진도가 나가지 않으니까 극약처방을 하는 것이다.

"아서라. 다친다."

"설잠운금의 입었잖아."

도무탄의 말로는 설잠운금의는 더위와 추위, 불길도 막아주고 창칼이 뚫지 못한다고 했었다. 그러므로 권혼력의 위력도 막아주지 않겠느냐는 것이다.

도무탄은 태산처럼 버티고 서서 지그시 녹상을 굽어보았다.

"정말 괜찮겠느냐?"

"권혼력을 일으키면 뭐하나? 날 한 대도 때리지 못할 텐데 말이야."

녹상은 입술을 삐죽거리며 짐짓 비아냥대면서 도무탄의 속을 긁었다.

도무탄은 늠름하게 빙긋 미소 지었다.

"그러게 말이다. 너는 너무 조그맣고 날씬해서 때릴 곳이 없는 게 문제다."

그는 재빨리 운공조식을 하여 오른팔에 권혼력을 주입시키고, 두 발로는 지난 닷새 동안 부지런히 연습한 비류보를 밟아 나아갔다.

스사삭…….

그는 공력이 전무한 상태라서 공력으로 보법을 전개하지는 못하지만, 일단 비류보를 전개하자 지금까지보다 서너 배 이상 몸이 빨라졌다.

위이잉!

더구나 권혼력이 가득 주입된 오른팔로 전개하는 권혼권격 일 초식 천쇄와 이 초식 신절의 속도는 조금 전의 주먹질보다 최소한 대여섯 배 이상 빨라졌으며 위력은 몇 십 배나 강해졌다.

그런데도 녹상을 따라잡는 것은 턱없이 부족했다. 그녀는 현재 오십 년 정도의 공력을 지니고 있으므로 쟁쟁한 일류고수 수준인데, 이제 막 무공에 입문한 도무탄이 따라잡는다는 것이 어불성설이다.

위잉! 휭!

녹상은 도무탄의 투지를 돋우려고 빠르게 피하다가도 주먹이 날아오면 짐짓 아슬아슬하게 피하는 체했다. 조금만 더 노력하면 날 때릴 수 있다는 무언의 자극이다.

그럴 때마다 그의 오른팔이 허공을 가르면서 묵직하게 귓전을 스쳤다.

지금까지 그가 휘두르던 맨주먹하고는 근본적으로 차원이 다른 주먹이다.

내지르고, 뻗으며, 회오리처럼 회전하면서 훑는 동작에 행여 실수로라도 스치기만 하면 어디 한 군데 보기 좋게 작살날 것만 같았다.

"팔다리 다 사용해 봐!"

얼굴로 무시무시하게 날아오는 주먹을 상체를 뒤로 젖혀서 피하며 녹상이 소리쳤다.

"무슨 소리야?"

도무탄이 동작을 뚝 멈추고 어이없는 얼굴로 물었다.

녹상은 진지한 표정을 지었다.

“오빠가 오른팔만 사용하니까 아무래도 안 되겠어. 이제부터는 양손 두 발 다 사용해.”

도무탄은 고개를 끄떡였다.

“그래야 할 것 같다.”

첫술에 배부를 수는 없다. 세상일이란 여러 가지 시행착오를 거치면서 점점 제 모습을 찾아가는 것이다.

녹상은 왜 양손과 두 발을 다 사용해야 하는지 설명해야 할 것 같았는데 도무탄이 이미 이해한 것처럼 말하자 조금 놀라는 표정을 지었다.

“이유가 뭔 것 같아?”

“사람에게 팔이 두 개인 이유가 뭔지 알아?”

도무탄은 진지한 얼굴로 반문했다.

“뭔데?”

“팔이 하나뿐이면 균형을 잡기 어려워. 더구나 무공을 전개하고 또 공격을 하는 상황에서는 더욱 좋지 않지. 뒤뚱거리게 되거든.”

“잘 아는군. 그러니까 왼팔과 두 다리를 함께 움직이면서 중심을 잡다가 공격할 때 오른손을 써.”

“아냐.”

“뭐가 아냐?”

도무탄은 방금 깨달은 사실을 말했다.

"왼손과 두 다리로도 공격을 해야겠다."

"뭐어?"

녹상은 말도 안 된다는 표정을 지었다.

"오빠 왼손과 다리는 솜방망이잖아. 그딴 거 맞고 누가 쓰러지기나 하겠어?"

그녀의 노골적인 지적에도 도무탄은 진지한 표정을 계속 유지했다.

"그러니까 왼손과 두 다리도 단련시켜야지."

녹상은 그가 진심이라는 것을 알아차렸다.

"그래서 어떻게 할 건데?"

"권법을 배우는 사람들은 어떻게 하는데?"

"그야… 팔다리에 공력을 실어서 가격하지."

"그렇다면 나도 그렇게 해야겠군."

"하아… 참. 오빤 공력이 없잖아."

"그러니까 만들어야지."

"권혼일초로 공력을 쌓겠다는 거야?"

도무탄은 대답하지 않고 잠시 생각에 잠겼다. 권혼일초, 즉 권혼일초는 하나의 독립된 심법이라서 계속 운공조식을 하다 보면 언젠가는 공력이 축적될 것이다.

하지만 그렇게 되기까지는 최소한 몇 년의 세월이 소요되어야만 한다.

더구나 도무탄이 주목하고 있는 점은 따로 있다. 천신권격의 세부적인 구결은 양손과 두 다리를 다 사용하여 공격하는 것으로 되어 있다.

그런데도 그가 계속 오른손만 사용한다면 절름발이 권법을 배우게 되는 꼴이다.

궁효가 서림장에 온 것은 늦은 밤이다.

그는 원래 내일 낮에 막태의 처 보화를 데리고 올 계획이었는데 도무탄이 즉시 오라고 전갈을 보냈기에 보화를 당장 데려오라는 줄 알고 서둘러 달려온 것이다.

달그락…….

탁자를 마주하고 도무탄과 녹상이 앉아서 무공연마에 대해서 대화를 나누고 있는데 소진이 두 사람 앞에 찻잔을 놓고 그윽한 향기의 차를 따랐다.

"진아, 네 모습이 이젠 몰라볼 정도가 됐구나."

"그래요?"

소진은 얼굴을 붉히며 손으로 뺨을 어루만졌다.

도무탄이 매란촌 움막에서 처음 봤던 소진은 젓가락처럼 비쩍 마른 볼품없는 모습이었다.

그녀는 십칠 세인데도 그 당시에는 발육이 덜 되어서 십삼사 세로밖에 보이지 않았었다.

도무탄과 함께 지내게 된 이후부터 소진은 매끼마다 잘 먹고 잠도 푹 잘 잔 덕분에 얼굴과 몸에 보송보송 살이 올라 전혀 다른 모습의 소녀로 변모하고 있었다.

요즘은 그녀 스스로 동경(銅鏡:거울)을 들여다봐도 처음 보는 얼굴이고 모습이다.

어린 시절부터 지독하게 가난해서 너무 못 먹었기 때문에 늘 말라비틀어진 모습이었는데, 요즘 그녀가 만들어가고 있는 모습은 생전 처음 보는 얼굴이라서 그녀 스스로도 신기하기 짝이 없었다.

그렇지만 한창 성장기 때 제대로 먹지 못했었기에 지금 아무리 잘 먹는다고 해도 이미 놓쳐 버린 것은 어쩔 수가 없게 되었다.

말하자면 그녀는 보송보송 제법 살이 많이 올랐으나 얼굴이나 체구 등 전체적인 모습으로는 십사오 세 어린 소녀로밖에는 보이지 않았다.

"너 원래 이렇게 예뻤었구나."

"고마워요, 오라버니."

도무탄의 칭찬에 소진은 천하를 다 가진 것처럼 기쁜 표정으로 얼굴을 붉혔다.

"애 몸도 많이 좋아졌어."

녹상은 소진을 끌어당겨서 뒤에서 안는 듯한 자세로 그녀의 양쪽 가슴을 어루만졌다.

"젖가슴도 나왔다니까?"

"그래?"

도무탄이 알고 있는 소진은 남자아이처럼 가슴이 밋밋했었다.

"못 믿겠어? 자, 봐봐."

슥—

"앗!"

녹상이 앞섶을 활짝 열 줄은 미처 예상하지 못했던 소진은 깜짝 놀랐다.

아직은 작은 복숭아처럼 봉긋하게 솟은 젖가슴이라서 젖가리개를 하지 않은 터에 앞섶을 열어젖히자 한 쌍의 수줍은 젖가슴이 고스란히 드러났다.

"호오… 예쁜 가슴이로군."

깜짝 놀랐던 소진이지만 도무탄이 빤히 바라보며 칭찬을 하자 얼굴을 있는 대로 빨갛게 붉히면서도 가만히 참고 고개를 푹 숙였다.

"얘 이제 거기에 털도 났다니까? 볼래?"

"아… 어, 언니."

늘 함께 목욕을 하기 때문에 소진의 몸의 변화에 대해서 잘 알고 있는 녹상이 이번에는 옥문에 난 털 자랑을 하려고 소진의 괴춤을 내리려고 하자 소진은 깜짝 놀라 궁둥이를 뒤로 쑥 뺐다.

척—

그때 문이 열리고 궁효가 들어선 것이다.

"대형."

문 안쪽에 들어선 그는 멀찍이에서 도무탄을 향해 허리를 깊이 굽혔다.

"어서 와라."

"대형, 제수씨와 같이 왔습니다."

궁효는 몸을 비켜서며 뒤에 서 있는 여자를 도무탄에게 보여주었다.

그녀는 죽은 막태의 처 보화다. 원래 위아래 격식을 따지지 않는 도무탄은 예전 막태가 살았을 적에 그의 집에 몇 번인가 놀러간 적이 있었고, 그때마다 보화가 차려준 술상에 술을 거하게 마셨었다.

"아… 대… 대형……."

보화는 궁효에게서 아무 말도 듣지 못하고 무작정 따라왔다가 도무탄을 발견하고는 혼비백산하여 문 밖에서 무릎을 꿇고 엎드려 이마를 바닥에 댔다.

"대형께서 계신 줄 몰랐어요… 알았다면 감히 찾아오지 않왔을 것입니다… 아아… 용서하세요…….”

그녀가 너무 당황하는 모습을 보고 궁효는 어쩔 줄 몰라서 쩔쩔매는데, 도무탄이 한달음에 달려가서 보화를 부축해서 일으켰다.

“내가 궁효에게 제수씨를 모셔 오라고 시켰소.”

“네……?”

도무탄에게 거의 안기다시피 일어난 보화는 놀라서 눈을 동그랗게 뜨고 그를 쳐다보다가 눈이 마주치자 화들짝 놀라 급히 고개를 숙였다.

“저리 가서 앉읍시다.”

도무탄은 보화의 허리를 안고 부축하듯이 탁자 쪽으로 걸어갔다.

그 모습을 보면서 녹상의 눈이 가늘어지며 입가에 야릇한 미소가 피어났다.

‘흐음… 저 인간은 이제 보니까 여자에겐 손을 잘 대는 습관이 있었군.’

녹상의 시선은 보화의 허리를 안고 있는 도무탄의 팔에 고정되었다.

“아이들은 잘 있소?”

“네…….”

도무탄 옆 왼쪽에 앉은 보화는 감히 황송해서 고개도 들지 못하고 전전긍긍했다.

그녀는 화장 같은 것은 하지 않고 옷차림에도 그다지 신경을 쓰지 않은데다가 머리도 대충 쓸어 넘겨서 묶은 거친 모습이다.

"아이들이 능(能)이와 도(桃), 매(梅)라고 했소?"

"아… 네. 대형……."

보화는 도무탄이 그녀의 아들과 두 딸의 이름까지 틀리지 않고 똑똑하게 기억하고 있자 크게 놀라고도 황송하여 눈물을 글썽였다.

슥…….

"보화."

"네……."

도무탄은 그녀 쪽으로 돌아앉아서 그녀의 두 손을 모아서 잡고 처연한 표정을 지었다.

"제수씨에게 큰 죄를 지었소. 막태는 나 때문에 죽은 것이니 제수씨를 대할 면목이 없소."

"으흑! 아닙니다. 대형… 그렇지 않습니다……."

보화는 드디어 울음을 터뜨리며 어깨를 들먹이며 고개를 세차게 가로저었다.

눈물이 그녀의 손을 잡고 있는 도무탄의 손으로 떨어졌고,

후드득 뿌려진 눈물이 또한 그의 얼굴에도 튀었다.

"저는 추호도 대형을 원망한 적이 없었어요. 전장에서 장수가 왕의 목숨을 살리고 죽었다면 장한 일을 한 것이고 자신의 본분을 다한 것인데 어찌 원망을 하겠어요? 절대 그렇지 않습니다."

마르고 아담한 체구의 보화지만 생각하는 것은 강단 있는 여장부에 다름 아니다.

"내가 보화에게 부탁이 있어서 불렀소."

"말씀만 하세요."

도무탄은 보화의 거친 두 손을 조금 더 힘주어 그러잡았다.

"내 말을 듣겠소?"

"목숨을 달라고 하시면 드리지요."

보화는 눈물이 가득 고인 눈에 깊은 신뢰와 충성을 담아 도무탄을 바라보았다.

도무탄 때문에 남편을 잃었는데 그를 원망하지도 않고 오히려 그를 위해서 목숨을 줄 수도 있다고 한다.

도무탄은 궁효를 쳐다보았다.

"궁효와 부부가 되시오."

움찔!

순간 보화는 크게 몸을 떨더니 조심스럽게 도무탄의 손에서 자신의 손을 뺐다.

그리고는 힘껏 그의 뺨을 후려쳤다.

짜악!

궁효는 놀라서 소리쳤다.

"미쳤소, 제수씨?"

도무탄은 손을 뻗어 궁효를 제지했다.

보화는 도무탄을 똑바로 주시하며 차가운 표정으로 물었다.

"저를 모욕한 것에 대한 벌이에요. 왜 그래야 하는지 이유를 물어봐도 되겠어요?"

"궁효의 여자가 되면 분명히 행복할 것이기 때문이오. 나는 제수씨가 행복해지길 원하오."

"저는 죽을 때까지 막태를 가슴에 품고 살 겁니다."

"만약 제수씨가 막태를 잊는다면 나와 궁효가 제수씨를 꾸짖을 것이오."

"그런데 어이해……."

"궁효는 막태만큼 좋은 사내요. 제수씨를 충분히 행복하게 해줄 것이오."

"저는 죽을 때까지 막태를……."

"산 사람은 영혼이 아니오. 영혼은 냄새만 맡아도 살지만 산 사람은 요리를 먹어야지만 살 수 있소."

"……."

도무탄은 손을 뻗어 보화의 어깨를 부드럽게 두드리면서 달래듯 말했다.

"막태를 가슴속에 묻고 살더라도 제수씨는 살아 있으니까 산 사람의 방식대로 살아가야 하오."

보화의 눈빛이 크게 흔들렸다.

"만약 제수씨가 죽었고 막태가 살아 있다면, 제수씨는 막태가 늙어 죽을 때까지 혼자 살면서 제수씨를 그리워하며 괴로움에 몸부림치기를 원하오?"

"아, 아니에요! 그러는 것은 싫어요! 그러면 그이가 너무 힘들 거예요……."

"막태도 같은 심정이지 않겠소?"

"……."

보화는 잠시 동안 소리 없이 눈물을 흘리다가 가라앉은 목소리로 입을 열었다.

"저도 부탁이 있어요."

"말해시오. 무엇이든 들어주겠소."

"제 시동생과 시누이를 거두어주세요."

도무탄은 그럴 줄 알았다는 표정을 지었다. 막태가 살아 있을 때에도 보화는 시동생, 시누이와 함께 살았었다. 그녀가 그러기를 고집했기 때문이다.

막태가 죽은 지금도 그녀는 막태의 두 동생과 슬픔을 같이 나누고 위로하면서 살고 있다.

"막야(莫夜)와 막사(莫事)말이오?"

도무탄이 막태의 동생들 이름까지 알고 있다는 사실에 보화는 눈을 동그랗게 뜨며 놀라워했다.

막야가 오빠이고 이십일 세, 막사는 여동생이며 십팔 세로 알고 있다.

"그들은 뭘 하고 있소?"

보화는 대답 대신 궁효를 쳐다보았다.

궁효는 공손히 대답했다.

"그 둘은 저희 산예문 소속입니다. 자질이 출중하여 이 년 전부터 전도문(電刀門)에 보내서 무예를 배우도록 하고 있습니다."

태원성에는 수십 개의 방파와 문파가 있으며 그중에서 진권문이 최고이고 전도문은 등수에도 들지 못한다. 말하자면 최하류이기 때문이다.

그렇지만 그것은 세력과 유명도 면에서의 등수이지 진짜 실력이 아니다.

전도문은 문하제자가 이십여 명에 불과하다. 도법이 너무 난해하고 수련방법이 지나치게 혹독하기 때문에 돈을 내가면서까지 그런 짓을 하겠다는 제자가 없다.

그렇지만 궁효는 일찍이 전도문 문주 단혼도(斷魂刀)의 실력을 알아보았었다.

궁효가 보기에는 태원성 최고수는 누가 뭐래도 단혼도가 분명했다.

지금은 죽었지만 만약 단혼도가 진권문주 방현립하고 일대일로 싸운다고 해도 능히 이길 수 있다고 확신했다.

다만 단혼도는 사람들 앞에 나서기를 좋아하지 않으며 자신의 실력을 자랑하지 않는 과묵한 호인으로서, 그저 초야에 묻혀 있기를 즐겨 하는 인물이다.

궁효는 몇 년 전부터 산예문의 자질이 우수한 수하들을 선발하여 전도문에 보내서 도법을 배우게 하고 있다.

현재 전도문의 제자 이십여 명은 거의 대부분 산예문의 수하이다.

그곳에서 어느 정도 실력을 쌓고 나온 수하들이 내, 외상단과 기상단의 호위무사들 우두머리로 발탁되어 일선에서 실력을 뽐내고 있다.

궁효의 말에 도무탄은 고개를 끄떡였다.

“궁효가 전도문에 보낼 정도면 꽤나 우수한 인재로군.”

“뛰어난 재목입니다.”

궁효가 확신하듯 말했다.

도무탄은 보화에게 고개를 끄떡여보였다.

“알았소.”

"정… 말인가요?"

도무탄이 너무 선선히 수락하자 보화는 의아한 표정을 지으며 확인을 했다.

"내가 데리고 있겠소."

보화는 눈물 젖은 눈을 동그랗게 뜨고 그를 바라보다가 일어나서 깊숙이 허리를 굽혔다.

"정말 고맙습니다."

도무탄은 궁효를 보화 옆으로 불렀다.

"내일 궁효의 집으로 이사 가시오."

도무탄의 단도직입적이고 너무 빠른 진행에 궁효는 화들짝 놀랐다.

그런데 보화가 생각난 듯이 도무탄에게 물었다.

"이곳에서는 누가 대형을 보살피나요?"

도무탄은 옆에 앉아 있는 소진의 어깨를 두드렸다.

"이 아이가 나를 돌봐주고 있소."

보화는 깜짝 놀랐다.

"저렇게 어린 아이가……."

"저 어리지 않아요. 며칠만 있으면 열여덟 살이에요."

발끈한 소진이 목에 핏대를 세우면서 항변했다.

십삼사 세로 보이는 소진이 곧 열여덟 살이 된다니까 보화는 놀랐으나 굽히지 않았다.

"그래도 나보다는 어려."

보화는 도무탄에게 당당하게 요구했다.

"저는 당분간 이곳에서 대형을 모시고 싶어요. 저 아이에게 요리도 좀 가르치고……."

"흥! 저 요리 잘해요."

소진이 냉소를 치는데도 보화는 상대를 해주지 않았다.

"그러고 나서 두어 달 후 적당한 때에 궁 문주 댁에 들어가겠어요."

그녀의 말에 도무탄은 고개를 끄떡였다.

"그렇게 하시오."

막태가 죽은 지 열흘 남짓 지났을 뿐인데 남자에 환장한 여편네처럼 재혼을 하려고 아이들을 데리고 남자네 집으로 들어가는 것은 남우세스러울뿐더러 그녀 자신도 마음이 굽죄는 일이다.

그런데다 하늘같은 도무탄이 천보궁이 아닌 이런 곳에서 지내고 있다는 사실을 안 이상 보화로서는 그냥 모른 체할 수가 없는 일이다.

"한 가지 분명히 말씀드릴 것이 있어요."

보화의 목소리가 조금 단호해졌다.

그녀는 옆에 있는 궁효에게 시선조차 주지 않고 말했다.

"저는 평소에 궁 문주를 존경했을 뿐이지 다른 감정은 일체 없었어요. 그것은 지금도 마찬가지예요. 그러니 제가 대형의 명령으로 궁 문주의 여자가 된다고 해도 그를 남자로서 좋아하게 되리라는 기대는 하지 마세요."

도무탄은 궁효를 쳐다보았다.

"잘 들었느냐?"

"네, 대형."

궁효는 민망한 듯 얼굴을 슬쩍 붉혔다. 그도 그것을 알고 있기 때문이다.

도무탄은 궁효가 청상과부가 된 보화를 구제하려는 형식을 취하고는 있지만, 사실은 궁효가 보화를 연모하고 있었다는 사실을 깨닫게 되었다.

도무탄은 보화의 말을 액면 그대로 믿었지만 별로 걱정하지는 않았다.

그녀가 지금은 궁효를 남자로서 전혀 좋아하지 않는다고 해도 언제까지 그러리라고는 생각하지 않기 때문이다.

남녀관계란 몸을 섞는다는 것이 매우 중요하다. 그들이 어떤 조건을 지니고 있든지 몸을 섞게 되면 그 조건이라는 장벽이 일시에 허물어지기 때문이다.

몸을 섞고서도 사랑할 수 없는 남자라는 것은 드문 경우지만 이것은 이루어지지 않는 사랑이니 포기해야 한다.

"오늘 일과 끝나셨죠?"

보화는 기대하는 표정으로 도무탄을 바라보았다.

"아니, 아직 할 일이……."

"제가 맛있는 요리를 만들어 드릴 테니까 오늘 밤은 궁 문주하고 술 한잔 드세요."

도무탄은 얘기가 대충 끝나면 다시 무공연마를 할 생각이었는데 보화는 그의 말을 자르더니 소진의 손을 잡고 주방으로 향했다.

"허어……."

졸지에 무공연마를 끝내고 술을 마시게 된 도무탄이 씁쓸한 얼굴로 어깨를 으쓱해 보이자 녹상은 사내처럼 어깨를 흔들며 웃었다.

"하하하! 이럴 땐 한잔 마시고 푹 휴식을 취하는 것도 좋은 보약이야."

"그럼 그럴까."

녹상은 도무탄의 이런 점, 즉 똥고집을 부리지 않는 성격을 매우 좋아했다.

술을 기다리는 동안 도무탄은 궁효를 부른 진짜 목적을 꺼내놓았다.

"내일 천보궁에 가서 이것들을 갖고 와라."

그는 갖고 올 물건들의 이름을 미리 적어두었던 종이를 궁효에게 내밀었다.

"알겠습니다."

"그리고 내일 물건들을 갖고 오면서 삼방주(三幇主)를 데리고 와라."

궁효는 가볍게 놀라더니 도무탄의 명령을 다시 한 번 확인을 했다.

"내방주, 외방주, 기방주(妓幇主) 세 명을 데리고 오라는 말씀이십니까?"

"그렇다."

해룡방에는 표면적으로는 세 명의 방주, 즉 해룡방주인 무진장 도무탄과 그 휘하에 내방주, 외방주가 있는 것으로 알려져 있다.

하지만 안으로 조금만 파고들면 다섯 명의 방주가 있다는 사실을 알게 된다.

해룡방주와 내, 외방주에 기방주와 행방주(行幇主)가 더해져서 오방주(五幇主)가 되기 때문이다.

해룡방에서 보유하고 있는 기루와 주루는 태원성을 중심으로 해서 산서성 전역에 총 백여 개가 있으며, 그것들은 명목상으로 내상단 산하에 있지만 사실상 하나의 독립된 상단으로 운영되고 있다.

백여 개의 기루와 주루를 하나로 묶어서 기상단(妓商團)이라고 하며 그곳의 수장이 기방주이다.

기방주는 태원성에서 제일 큰 주루인 천풍루와 기루인 천화루를 오가면서 상주하고 있다.

그리고 행방주는 행상단(行商團)의 우두머리를 일컫는데, 해룡방 전체의 호위를 담당하고 있다.

외상단은 천하 곳곳으로 수십 척의 선박과 수백 대의 마차, 수레에 각종 물건을 실어서 이용하는데 그것들을 호위하는 무사들이 행상단 휘하다.

그리고 내상단과 기상단처럼 한 곳에 붙박여 있는 수백 개의 점포에 상주하면서 지키고 호위하는 무사들이나 해룡방이 거느리고 있는 몇 개 표국의 표사들 역시 행상단 소속이다.

행방주는 궁효다. 산예문은 표면적으로는 태원성에서 제일 큰 하오문으로 보이지만 실상은 해룡방 전체의 규율과 질서, 호위를 담당하는 무사들을 발굴하고 양성, 관리하는 행상단의 본거지이다.

第十六章

막야(莫倻)와 막사(莫査)

등룡기

독고지연은 마치 한잠 잘 잔 것 같은 기분으로 깊디깊은 혼절에서 깨어났다.

다각다각…….

깨어난 그녀가 제일 먼저 느낀 것은 아주 편안하다는 사실이고, 몸이 좌우로 규칙적으로 흔들리며, 느릿한 말발굽 소리가 들리고 있다는 것이었다.

그녀는 깜짝 놀랐으나 불현듯 어떤 기억이 불길처럼 화르르 되살아났다.

태원성에서 도무탄이라는 사내에게 일권을 맞아서 가슴에

엄중한 중상을 당하고 나서 남쪽으로 향하다가 깊은 산중에서 가슴의 상처 때문에 몹시 괴로워하던 것이 마지막 기억이었다. 그것을 끝으로 혼절했던 모양이다.

그런데 상처의 고통이 전혀 느껴지지 않는 이토록 편안한 기분이라는 것은, 그녀의 상처가 깨끗이 치료됐거나 최소한 훌륭한 치료를 받았다는 뜻이다.

그리고 간단없이 들리는 말발굽 소리로 미루어서 그녀는 지금 말을 타고 누군가에 의해서 어딘가로 옮겨지고 있는 것 같았다.

아! 그리고 한 가지 더 있다. 눈부신 햇살이 느껴지는데 얼굴에는 비추지 않는 것 같았다.

사르…….

이윽고 그녀는 조심스럽게 눈을 떴다.

그런데 눈을 뜨자마자 한 사람의 얼굴이 곧장 시야에 쏘아져 들어왔다.

'악!'

그런데 그 사람의 얼굴이 꿈속에서도 본 적이 없는 저승사자의 모습 같아서 그녀는 속으로 비명을 지르며 급히 눈을 질끈 감았다.

'어떻게 된 거지? 설마 내가 죽은 거야?'

그녀는 어쩌면 자신이 죽어서 영혼이 저승사자에게 이끌

려서 저승으로 가고 있는 중인지도 모른다는 생각이 들어서 겁이 더럭 났다.

"깨어났소?"

그런데 그때 굵은 저음에 매우 부드러운 남자의 목소리가 그녀의 귓전을 울렸다. 목소리로 미루어 이십 대 청년인 것 같았다.

슥—

그리고 그녀의 몸이 일으켜졌다. 일으켜졌다는 것은 여태까지 누워 있었다는 뜻이다.

저승사자가 아닌 듣기만 해도 심신이 상쾌해지는 것 같은 좋은 목소리를 듣고서 눈을 뜨지 않을 수가 없어서 그녀는 다시 살며시 눈을 떴다.

"아……."

그리고 이번에 눈앞에 있는 얼굴은 조금 전 저승사자하고는 상반되는 준수하기 이를 데 없는 한 청년의 모습이라서 그녀는 부지중 낮은 탄성을 터뜨렸다.

그제야 그녀는 어떻게 된 영문인지 확연히 깨달았다.

지금 그녀가 같은 눈높이로 바라보고 있는 사람은 챙이 넓은 큰 방갓을 쓰고 있었다.

그리고 그녀는 그의 품에 안겨서 조금 전에는 거의 누운 자세였었다.

그랬기 때문에 처음에 눈을 떴을 때에는 아래에서 위를 올려다본 방갓을 쓰고 있는 어두컴컴한 모습이라서 저승사자처럼 보였던 것이다.

그런데 이제는 그녀를 일으켜서 같은 눈높이로 보니까 천하에 둘도 없는 멋진 기남아로 보였다.

청년은 이십이삼 세 정도의 나이에 칠흑 같은 흑의 경장을 입고 어깨에는 한 자루 검을 메고 있는데, 중요한 점은 독고지연이 이날까지 살아오는 동안 이 청년만큼 잘생긴 사람을 한 번도 본 적이 없다는 사실이었다.

더구나 그녀는 자신이 그의 품에 편안하게 안겨 있다는 사실을 깨달았다.

안겨도 그냥 안긴 것이 아니라 느릿하게 걸어가고 있는 말 등에 앉아 있는 청년의 허벅지에 앉아서 그의 왼쪽 가슴에 기대어 어깨에 뒷머리를 대고 있는 것이다. 그리고 청년은 왼팔로 그녀를 감싸듯이 안고 있었다.

"좀 어떻소?"

흑의 청년은 부드러운 미소를 머금으며 그보다 더 부드러운 목소리로 물었다.

"아… 네… 좋아요……."

독고지연은 청년에게 그리고 지금의 상황에 홀린 듯 자신이 뭐라고 하는지도 모르면서 대답했다.

그녀는 사실 도무탄에게 맞은 가슴의 상처가 하나도 아프지 않았다.

"그런데··· 대체 어떻게 된 것인가요? 제게 무슨 일이 있었던 거지요?"

독고지연은 말고삐를 잡은 채 전방을 주시하고 있는 청년에게 조심스레 물었다.

청년은 그녀를 보면서 부드럽게 미소 지었다.

"닷새 전에 나는 목적지에 빨리 가려고 태악산(太岳山)을 넘고 있었소. 그런데 어디에선가 매우 고통스러워하는 여자의 신음 소리가 끊어질 듯이 계속 들려와서 가봤더니 그곳에 낭자가 쓰러져 있었소."

청년은 같은 얘기라도 우아한 손짓을 써가면서 말의 강약과 높낮이를 묘하게 하여 매우 재미있게 들렸다.

독고지연은 자신이 넘으려고 했던 산이 태악산이라는 사실을 처음 알게 되었다.

"상공이 저를 구해주셨군요."

독고지연은 몹시 감격하여 목소리가 가늘게 떨렸다.

"사실 내가 처음 발견했을 때 낭자의 상태는 조금 심각했었소. 그래서 실례를 무릅쓰고 치료를 할 수밖에 없었소. 그 점 용서하시오."

청년은 그녀를 보면서 진심어린 표정으로 말하고 나서 고개를 숙여 보였다.

독고지연은 얼굴이 발그레해졌다. 청년이 상처를 치료했다는 것은 그녀의 가슴을 보고 만졌다는 뜻이다.

상처를 보지도, 그리고 만지지 않고서 치료할 수는 없는 일이니까 말이다.

"낭자는 내공이 몹시 심후한 절정고수의 특이한 수법에 의해서 일격을 당한 것 같던데, 갈비뼈 여덟 개가 부러지고 내장과 장기가 많이 파열되어 썩어가고 있었소. 그리 심하지는 않았으나 그대로 놔두면 하루를 넘기지 못하고 유명을 달리했을 수도 있소."

청년의 언어세계는 참으로 독특했다. 갈비뼈 여덟 개가 부러지고 내장과 장기가 많이 파열되어 썩어가고 있는 상태가 그리 심하지 않았다고 말했다.

그러면서도 그대로 놔두었으면 하루 만에 죽었을 것이라고도 말했다.

장난스럽게 말하는 것일 수도 있고 말을 재미있게 하려는 것일 수도 있는데, 독고지연은 그러는 것이 그의 말버릇이라고 생각했다.

하지만 한 번 좋게 보기 시작한 청년에 대해서 그녀는 이상한 말버릇까지도 사랑스럽게 여겨졌다.

"제가 혼절한 지 얼마나 지났나요?"

"닷새요."

청년은 목적지에 빨리 가려고 산길을 택했다가 독고지연을 발견했었다고 말했다.

그만큼 갈 길이 바쁜데 그녀 때문에 지연됐다는 뜻이다. 그런데도 그녀를 모른 체하지 않고 닷새씩이나 치료를 해서 구해주었다.

"그동안 줄곧 혼절해 있었군요?"

그녀의 말에 청년은 조금 당황하는 듯했다.

"그게 아니오."

"그럼……."

"처음 치료한 이후에 낭자가 깨어나려고 하는 것을 내가 혼혈을 제압했었소."

독고지연은 깜짝 놀랐다.

"왜 그랬죠?"

청년은 어색함을 웃음으로 승화시키려고 애썼다.

"하하하! 낭자가 깨어나면 내가 치료를 하는 것이 매우 곤란해질 것 같았소. 왜냐하면……."

그때까지도 독고지연은 그의 말뜻을 잘 이해하지 못했다.

"하하하! 그러니까 상처 부위가 하필 가슴인데다가… 썩어가는 내장을 치료하는 과정에서 낭자가 썩은 피와 녹은 내장 부스러기를 토하고 쏟아냈는데 그게 그다지 유쾌한 것이 아니라서…….”

토한 것은 알겠는데 쏟았다는 의미를 알 수 없었다.

“쏟았다는 것은…….”

“웬만한 것들은 내가 위쪽으로 유도하여 입으로 토하게 만들었는데 그러지 못한 소수의 것들은 어쩔 수 없이 아래로 쏟을 수밖에…….”

“아래…….”

청년은 어금니를 질끈 악물었다.

“옥문과 항문이오.”

“아…….”

그때 이후 독고지연은 고개를 푹 숙인 채 아무 말도 하지 못하고 입을 꼭 다물고 있었다.

그리고 그때부터는 그녀의 깊은 이해심이 요구되었다. 예전 같았으면 이런 상황에서 일단 무조건 불같이 화부터 냈을 것이지만 청년의 좋은 인상이 그녀가 화를 내지 못하도록 다독였다.

화가 폭발하지 않는다면 그때부터는 상황을 이해하는 것밖에 남지 않았다.

깊은 산속에서 죽어가고 있는 독고지연을 청년이 모른 체 했었다면 지금쯤 그녀는 열 번도 더 죽었을 것이고 산짐승의 먹이가 되었을 것이다.

하지만 청년은 갈 길이 바쁜데도 불구하고 시간을 지체하면서까지 그녀를 치료했고 끝내 목숨을 구해주었다. 요즘 세상에 그러기는 쉽지 않은 일이다.

청년이 그녀의 혼혈을 제압한 이유는 치료를 원활하게 하기 위해서였을 것이다.

만약 그녀가 깨어 있는 상태였다면 그가 젖가슴을 만지고 주무르면서 치료를 할 수 있었겠는가.

그리고 썩은 피와 내장 부스러기를 옥문과 항문으로 쏟아내는 사실을 알았더라면 그녀는 죽으면 죽었지 절대로 그가 손을 대지 못하게 펄펄 뛰었을 것이다.

그렇지만 지난 닷새 동안 그녀는 깊이 혼절해 있었기 때문에 청년이 젖가슴을 얼마나 만졌는지 그리고 썩은 피와 내장 부스러기를 쏟아내는 옥문과 항문을 어떻게 다루었는지 전혀 알지 못한다.

이제 와서 생각을 해보면 그것이 오히려 다행스럽기 짝이 없는 일이다.

그랬으니까 그녀는 살아났다. 청년이 그녀의 혼혈을 제압했던 것은 잘한 일인 것 같다.

"괜찮소?"

그녀가 오랫동안 말이 없으니까 청년이 조심스럽게 그녀를 살피면서 물었다.

그녀는 자신의 목숨을 살려주고서도 오히려 눈치를 살피고 있는 그가 매우 순진하고 또 사랑스럽게 느껴졌다.

그때 문득 그녀는 어떤 사실에 생각이 미쳤다. 혹시 청년이 그녀의 혼혈을 제압해놓고 몸을 더럽히지는 않았을까 하는 의심이다.

충분히 그럴 수 있다. 사람이란 특히 사내들이 아름다운 여자를 보면 무슨 생각을 하고 어떤 짓을 하고 싶어 하는지 그녀는 잘 알고 있다.

이 청년이 그녀의 목숨을 구해주었으나 몸을 짓밟지 않았을 것이라는 확신은 없다.

독고지연은 순결에 대해서만큼은 지나칠 정도로 강한 결벽증을 갖고 있다.

그녀 스스로 순결의 문을 열고 받아들인 사내만이 자신의 진정한 남편이라는 생각을 어릴 때부터 품어 왔었다.

그러므로 이 청년이 아무리 그녀의 목숨을 구해주었고 또 좋은 인상을 풍기고 있다 해도 만약 그녀를 범했다면 절대로 용서할 수가 없다.

나를 짓밟았으니까 평생 나를 책임지라는 눈물겨운 억지 따위는 쓰고 싶지 않다.

그냥 죽이는 것이다. 그러고 나서 그 일에 대해서는 깨끗이 잊는 것이 상책이다.

생각에 골몰하던 독고지연은 아무리 부끄럽더라도 그것만은 반드시 확인을 해야겠다고 다짐했다.

"혹시 저를 욕보였나요?"

그녀는 청년이 거짓말을 하는지 안 하는지 확인하려고 그를 날카롭게 주시했다.

그녀가 불쑥 묻자 청년은 곤혹스러운 표정을 지었다.

"낭자를 치료하느라 부득이 가슴과 은밀한 부위를 만진 것이 낭자를 욕보인 것이라면 어쩔 수 없는 일이오."

독고지연의 표정이 밝아졌다.

"그것뿐이었나요?"

"그것을 상쇄시키기 위해서라면 나도 똑같은 일을 당해줄 수가 있소."

독고지연은 의아한 표정을 지었다.

"무슨 뜻이죠?"

"낭자가 내 옷을 모두 벗긴 다음에 가슴과 은밀한 부위를 마음껏 만지는 것이오. 그러면 서로 비기는 것이 되지 않겠소? 그러는 동안 나는 절대로 반항하거나 움직이지 않겠소. 믿어도 되오."

"어머?"

독고지연은 얼굴이 확 붉어졌다. 그 순간 그녀는 한꺼번에 여러 가지 감정과 생각이 화산처럼 폭발했다.

청년이 절대 그녀를 욕보이지 않았다는 것. 그것은 나중에 그녀가 자신의 몸을 자세히 들여다보면서 확인을 해보면 알 수가 있는 일이다.

그리고 청년은 매우 순수하면서 동시에 재미있는 사람이라는 것.

이렇게 완벽한 남자라면 사랑하고 싶다는 것 등이다.

"상공은 누구신가요?"

그녀의 목소리에 콧소리가 섞였다. 상대가 자신의 목숨을 살렸을뿐더러 은밀한 부위까지 마음껏 보고 만졌다는 생각을 하니까 말할 수 없이 부끄러워졌다.

"나는 소연풍(蘇延風)이라고 하오."

순간 독고지연은 화들짝 놀라서 낮게 외쳤다.

"아! 무적검룡(無敵劍龍) 소연풍……."

당금 무림에서 무림인들에게 '무적검룡' 만큼 많이 불리는 별호는 단연코 없을 것이다.

십칠 세에 무림에 출도하여 지금까지 천 번 넘게 싸워서 한 번도 패한 적이 없다는, 그래서 '무적' 이라는 별호를 얻은 불세출의 영웅이다.

무림을 대표하는 절세미녀로 천하이미가 있다고 한다면, 무림의 절세미남이며 영웅협객으로는 천하사룡(天下四龍)이 있다. 천하에서 가장 뛰어난 네 명의 용이다.

무적검룡은 천하사룡의 한 명인 검룡인 것이니 독고지연이 어찌 놀라지 않겠는가.

그녀는 설마 자신의 목숨을 구해준 사람이 무적검룡일 줄이야 꿈에도 상상하지 못했었다.

"낭자는 누구시오?"

이번에는 청년 소연풍이 독고지연에게 물었다.

"소녀는 독고지연이라고 해요."

"아… 독고 낭자였구려."

그런데 그는 놀라지도 않을뿐더러 그저 담담하게 고개만 끄떡였다.

천하에서 거리의 코흘리개마저도 다 알고 있는 천하이미를 설마 소연풍이 모른다는 말인가.

"소 상공께선 혹시 소녀의 이름을 들어보셨는지요?"

"아… 미안하오. 들어보지 못했소."

과연 불길함이 적중했다. 천하사룡의 하나인 무적검룡 소연풍은 어이없게도 천하이미 천상옥화 독고지연을 품에 안고 있으면서도 그녀를 알아보지 못했다.

하지만 잠시 후에 독고지연은 소연풍의 그런 점까지도 마음에 들었다.

소연풍이 여자에 대한 편력이 심하고 바람둥이라면 그녀를 알아보지 못할 리가 없기 때문이다.

그러므로 그는 최소한 여자에 대해서만큼은 순수한 사람이라는 뜻이다.

"소녀는 얼마나 더 치료를 해야 할까요?"

"깨끗이 다 나았소."

"아……."

"내가 의술은 잘 모르지만 공력으로 상처를 치료했으며 부러진 뼈는 잘 주물러서……."

주물렀다는 말에서 그는 말을 멈추고 고개를 숙였다.

"미안하오."

독고지연은 갈비뼈가 여덟 개나 부러졌었는데 그것을 추궁과혈수법(椎躬過穴手法)으로 접합을 시켰다면 또 얼마나 그녀의 젖가슴을 주물렀겠는가.

독고지연은 귀까지 새빨개져서 고개를 들지도 못했다.

그렇다고 언제까지 침묵을 지키고 있을 수는 없다. 한참 만에 그녀는 살며시 고개를 들고 조심스럽게 주위를 두리번거리다가 물었다.

"그런데 여기가 어디인가요?"

소연풍은 빙그레 미소 지으며 전방을 바라보았다.

"사나흘 늦어지긴 했지만 어쨌든 목적지에 도착하게 되었소. 저기가 바로 태원성이오."

독고지연은 급히 전방을 보면서 멍한 표정을 지었다.

"태원성……."

"하하! 무림에 들리는 소문에 의하면 저기에 전설의 천신권의 권혼이 있다고 하오. 독고낭자께선 혹시 권혼에 관심이 없으시오?"

"……."

소연풍의 낭랑한 웃음소리가 독고지연의 귀에 아득하게 들렸다.

*　　*　　*

도무탄은 지난밤에 오랜만에 포식과 통음을 했다.

그가 지금까지 먹어본 요리 중에서 보화가 만든 것이 가장 맛있었다.

예전에도 막태네 집에 가서 보화가 한 요리를 먹고 나면 며칠 동안 입맛이 없곤 했었다.

오죽하면 평소에 요리깨나 한다고 큰소리를 치던 소진마저도 보화의 요리를 먹어보고는 입에 침이 마르도록 칭찬하느라 정신이 없었다.

"음……."

녹상은 머리가 지끈거리는 것을 느끼며 잠에서 깼다.

그녀는 누군가를 꼭 끌어안고 있어서 잠결에 도무탄일 것이라고 생각했다.

그런데 눈을 뜨니까 그녀가 안고 있는 사람은 도무탄이 아니라 소진이었다.

도무탄은 침상에 없었다. 그가 없다는 사실에 녹상은 괜히 허전한 마음이 들었다.

잠시 후에 이리저리 어슬렁거리던 녹상이 도무탄을 찾은 곳은 넓은 대전이었다.

그곳은 평소에 두 사람이 무술수련장으로 사용하고 있는 곳인데, 도무탄은 그곳에서 혼자 열심히 천신권격을 수련하고 있었다.

"헉헉헉……."

입고 있는 옷이 땀으로 흠뻑 젖었고 숨소리가 거친 것으로 미루어 권법수련을 한 지 꽤 오래된 것 같았다.

어젯밤에 도무탄이나 녹상, 궁효, 보화, 심지어 소진까지도 많은 술을 마셨었다.

무공이 제법 고강한 녹상이 숙취 때문에 머리가 아프고 속이 메슥거리는데 무공을 모르는 도무탄은 일찌감치 일어나서 권법수련을 하고 있다.

다 같이 엄청 마셔댔었는데 그라고 어째서 숙취가 없겠는가. 다만 그는 놀라운 정신력으로 그것을 극복한 것이다.

그걸 보고 녹상은 천하최고의 부자와 무림최고수가 되겠다는 그의 각오가 얼마나 대단한지 알게 되었다.

하지만 그녀 자신은 당장에라도 눕고 싶을 정도로 괴로운 탓에 그의 상대가 돼줄 엄두를 내지 못하고 비틀거리면서 다시 방으로 돌아갔다.

점심 식사 후에 도무탄은 짬을 내서 종이에 뭔가를 그려가며 구상을 했다.

그때까지도 녹상은 침상에서 일어나지 못하고 있었다. 지독한 숙취가 그녀의 하루를 망쳤다.

도무탄은 점심 식사 후에 반 시진쯤 골머리를 싸매고 종이에 끄적거리면서 구상하다가 뚝 멈추고는 다시 권법수련을 시작했다.

혼자서 수련하는 것이 녹상하고 둘이 할 때보다 몇 배나 더 빡세게 하는 것 같았다.

그는 오늘 수련을 하면서 한 가지 놀라운 사실을 깨달아서 그것을 몸에 배게 숙달시켰다.

두 발로 비류보를 빠르게 밟아 나가면서 동시에 권혼력이 깃든 오른팔로 공격을 하면 몸이 공격하는 방향으로 확 쏠리는 현상이 발생하는 것 때문에 처음에는 적잖이 애를 먹었다.

공력이 몸의 중심인 단전에서 비롯된다면 그런 일이 없을 텐데, 오른팔에 공력보다 훨씬 강력한 권혼력이 집중되다 보니까 그것을 어느 한 방향으로 발출하려고 할 때 쏠림 현상이 생기는 것이다.

어찌 보면 그것은 큰 단점이다. 보법을 밟으면 몸이 가벼워지고 그 상태에서 오른손으로 강력한 공격을 가하면 몸이 그 방향으로 기우뚱하여 중심을 잃고 자칫 쓰러지는 사태가 발생하게 된다.

그런데 그는 그 단점을 장점으로 승화시켰다. 오른 주먹을 뻗을 때 쓰러지지 않으려고 버티기보다는 오히려 그쪽 방향으로 몸을 날리는 방법을 생각해 냈다.

그렇게 하면 원래 공격하려던 속도보다 절반 정도 더 빨라지게 된다.

오른손만 뻗는 것이 아니라 몸 전체를 날리니까 몸이 손을 밀어주는 형국이 돼서 가일층 빨라지는 것이다.

그리고 그가 천신권격을 수련하면서 가장 중점을 두고 수련하는 점은 오른팔에 권혼력을 주입하는 시간을 단축시키려는 것이다.

오른팔에 한 번 권혼력을 주입했다가 사용을 하고 나서 다시 주입하는 데 세 호흡이 걸린다는 것은 여전히 치명적인 약점으로 남아 있다.

그래서 어떻게 해서든 그걸 줄여보려고 아등바등 애를 쓰는데도 좀처럼 줄여지지 않았다.

모르긴 해도 삼백여 년 전의 천신권은 상시 아무 때나 공력을 사용했을 것이다.

그러지 않고서는 그 많은 적을 상대로 싸울 수 없었을 것이며 대살성, 혈살성으로 불리지 못했을 것이다.

도무탄은 자신이 아직도 풀지 못한 권혼심결 삼 초식에 그 해답이 들어 있을 것이라고 추측했다.

하지만 아무리 궁리해 봐도 풀리지 않는 난해한 구결을 하루 종일 붙잡고 있을 수는 없는 일이다.

그래서 권혼심결 일 초식을 꾸준히 운공조식하면서 틈틈이 삼 초식을 연구하고 있다.

녹상은 하루 종일 도무탄 혼자 권법수련을 하게 해서 미안한 마음이 들어 밤이 돼서야 어슬렁어슬렁 대전으로 나가보았다.

휘이잉! 스사사사— 부우웅!

그녀가 대전 가까이 이르자 대전 쪽에서 허공을 울리는 파공음이 어지럽게 들려왔다.

'뭐야?'

복도와 대전이 만나는 곳에 우뚝 멈춰선 그녀는 적잖이 놀라는 표정을 지었다.

대전 양쪽 벽에 유등 두 개가 흐릿한 불빛을 흩뿌리고 있는 곳에서 도무탄이 혼자 좌충우돌하면서 권법수련에 열중하고 있었다.

그런데 녹상을 놀라게 만든 것은, 지금 대전을 종횡무진 누비고 있는 사람은 도무탄이 분명한데 지금 그가 보여주고 있는 몸놀림은 어제의 그가 아니었기 때문이다.

그녀를 제일 먼저 놀라게 만든 것은 도무탄이 오른손을 휘두를 때마다 대전의 허공이 거세게 떨어 울리고 있다는 사실이다.

파공음으로 봤을 때 저 주먹에 한 대 맞으면 제아무리 무림의 절정고수라고 해도 살아남기 어려울 것 같았다.

도무탄은 천신권격의 천쇄를 완벽하게 이해하고 또 전개하고 있는 것이 분명했다.

그렇지만 역시 문제는 느려터진 속도다. 위력은 벼락인데 속도가 굼벵이라서 삼류무사라고 해도 저 주먹에는 맞지 않을 것이다.

…라고 생각했었는데 녹상을 두 번째로 놀라게 만든 것이 바로 도무탄의 동작이다.

스사사사———

녹상은 어제 그에게 보법 비류보를 밟으면서 천신권격으로 공격하라고 충고를 했었다.

그런데 지금 그가 전개하고 있는 것은 보법 비류보가 아니라 경공술인 비류행이 아닌가.

아니, 그것도 아니다. 그는 비류행과 비류보를 적절하게 배합을 하여 이리저리 미끄러지고 내달리면서 보이지 않는 가상의 적을 향해 공격을 퍼붓고 있다.

'맙소사…….'

녹상은 기가 막혀서 입이 저절로 크게 벌어지면서 눈이 휘둥그렇게 떠졌다.

그녀는 조금 전에 도무탄이 전개하는 천쇄의 엄청난 위력에 놀랐다가 곧 누가 저따위 느려터진 주먹에 맞겠는가, 라고 생각했었는데, 이제는 그런 생각이 깡그리 사라져 버렸다. 저 정도 빠르기라면 무림에서도 조금쯤은 먹혀들 수 있을 것이기 때문이다.

그렇지만 놀라움은 그것만이 아니었다. 녹상을 세 번째로 놀라게 만든 것은 도무탄의 이상한 공격 수법이었다.

처음에 녹상은 그걸 보고 도대체 저게 뭐야? 라는 생각이 들 정도였다.

비류행과 비류보를 배합하여 전진하다가 허공의 어느 한 점을 향해 오른손 공격을 하는가 싶었는데 느닷없이 온몸을 날려서 주먹으로 허공을 가격하는 것이었다.

녹상은 두 번째 그 광경을 보고는 그가 몸을 날리지 않을 때보다 몸을 날리면서 공격하는 것이 절반 이상 빠르다는 사실을 알게 되었다.

그렇게 공격을 하고 나서 허공에서 한 바퀴 회전을 하거나 한쪽 무릎을 꿇으면서 바닥에 내려서는 동작이 조금 불안해 보였다.

그러나 그것만 보완된다면 나무랄 데 없는 공격 수법이 될 것 같았다.

그녀를 놀라게 만든 것은 하나가 더 남아 있었다.

도무탄은 오른손으로만 공격을 하는 게 아니었다. 왼팔과 두 다리를 모두 사용하고 있었다.

그가 전개하고 있는 천쇄나 신절의 동작은 완벽했다. 오른손만을 사용했을 때에는 어딘가 불안하고 절름발이가 걷는 듯한 행동이었는데 지금은 깔끔하기 짝이 없었다.

다만 문제는 그의 오른손 외에는 다른 부위는 아무런 위력이 없다는 사실이다.

'대단하구나 도무탄…….'

넋을 잃은 채 지켜보고 서 있는 녹상은 도무탄이 천하최고의 부자와 무림최고수가 되겠다고 큰소리친 것이 어쩌면 헛소리가 아닐지도 모른다는 막연한 생각이 들었다.

간밤의 숙취 때문에 정오가 다 되어서야 서림장을 나섰던 궁효가 저녁 식사 즈음에 다시 돌아왔다.

그는 혼자가 아니라 해룡방 내, 외방주와 기방주, 그리고 막태의 동생인 막야와 막사를 데리고 왔다.

보화와 소진은 손님이 여러 명 올 것이라는 도무탄의 말을 듣고 몇몇 하녀와 주방에서 갖가지 요리를 만드느라 부산을 떨었다.

"대형!"

궁효를 뒤따라서 들어온 긴장된 표정의 세 사람이 실내에 우뚝 서 있는 도무탄을 발견하고는 일제히 달려나오면서 반갑게 소리쳤다.

그들 세 사람은 내방주와 외방주, 기방주였으며 도무탄 앞에 이르러 나란히 무릎을 꿇고 고개를 숙였다.

"그간 강녕하셨습니까?"

"일어나게."

도무탄은 손수 세 사람을 부축해서 일으키고는 한 사람씩 손을 잡고 찬찬히 바라보았다.

내방주는 약간 퉁퉁한 체구에 사십 대 중반의 나이며 인자한 용모를 지녔다.

그냥 보면 저잣거리의 어느 장사 잘되는 만두집 주인 같은 모습이다.

그가 바로 해룡방이 보유하고 있는 산서성 전역의 대략 칠백여 개 점포를 총괄하는 내방주 백선인(白仙人)이다.

외방주는 해룡방의 거대한 외상단을 이끌고 있는 우두머리로는 절대로 보이지 않았다.

삼십 대 중반의 나이에 상투를 틀었으며 시원스런 청의 유삼을 입고 있는 모습은 영락없는 청수한 유생이다. 그가 바로 외방주 천유공(天遊公)이다.

"별일 없으셨지요?"

도무탄의 손을 잡고 어루만지면서 눈물을 글썽이고 있는 삼십이삼 세의 아리따운 미부(美婦)는 다름 아닌 기방주 한매선(寒梅仙)이다.

과거 도무탄이 거래 때문에 자주 찾아갔었던 기루의 내로라는 기녀였던 한매선은 그때 이미 도무탄이 크게 될 인물이라는 사실을 한눈에 알아보고 그에게 자신의 모든 것을 걸기로 결심했었다.

사실 도무탄에게 있어서 한매선은 오늘날의 해룡방을 있게 해준 은인이라고 할 수 있는 사람이다.

어린 도무탄의 재목됨을 한눈에 알아본 한매선은 그 당시 수중에 돈이 많지 않아서 늘 돈에 허덕이던 그에게 자신이 십구 년 동안 알뜰하게 모았던 돈 은자 오만 냥을 과감하게 투자했었다.

이후 도무탄은 그것을 종잣돈으로 삼아서 그때부터 불같이 활활 타올라서 그로부터 육 년여 만에 지금의 해룡방을 이룩한 것이다.

더구나 한매선은 도무탄의 동정을 갖고 간 첫 번째 여자이기도 했었다.

그 당시 그녀의 나이는 과년한 이십육 세였으며 여자로선 성숙함과 아름다움이 절정에 달했었고 반면에 도무탄은 겨우 열네 살이었다.

도무탄의 나이가 어렸지만 신체적으로는 여느 청년에 못지않을 정도로 키가 컸으며 체구도 당당했었다.

물론 한매선은 순결한 몸이 아니었으나 그날 이후 남자를 멀리했으며 오직 도무탄하고만 관계를 가졌다.

그로부터 불과 일 년 후에 도무탄이 태원성 최고의 기루인 천화루를 사들여서 한매선을 그곳의 루주로 앉혔다. 그것이 그녀가 해룡방 기방주가 된 시초였었다.

"그래, 누나도 잘 있었어?"

"대형 걱정에 잠도 제대로 못 잤어요."

눈물이 글썽글썽해서 말하는 한매선의 모습은 아닌 게 아니라 예전에 비해서 많이 초췌했다.

"자, 모두들 앉자."

도무탄은 한매선에게 한쪽 손을 내맡긴 채 모두를 재촉하여 탁자 둘레에 앉게 했다.

녹상은 궁효를 빼고는 전부 모르는 사람이라서 도무탄 오른쪽에 느긋하게 앉았다.

그리고 그의 왼쪽에는 한매선이 한 폭의 그림처럼 우아한 모습으로 다소곳이 앉았다.

"대형, 이 아이들이 막야와 막사입니다."

궁효는 앉기 전에 한쪽으로 비켜서며 뒤쪽에 나란히 서 있는 일남일녀를 가리켰다.

"음. 가까이 와라."

도무탄이 고개를 끄떡이자 극도로 긴장하여 빳빳하게 서 있던 일남일녀가 주춤거리면서 다가왔다.

남자는 이십일 세 오빠이며 막야다. 형인 막태보다 키가 조금 더 크고 광대뼈가 나왔으며 하관이 빠르고 날카로운 눈매를 지녔다.

여자, 아니, 소녀는 십팔 세로 누이동생이며 막사다. 그런데 막태나 막야 하고는 전혀 딴판으로 생긴 용모다.

지금 하늘같은 상전인 도무탄 앞에서 주춤거리고 있는 모습은 어느 누가 보더라도 그녀를 보호해 주고 싶을 정도로 자그 아담하며 가녀렸다.

"막야, 막사. 내가 너희에게도 사죄를 해야만 하겠구나."

도무탄은 진심 어린 표정으로 말했다.

그의 말에 막야는 눈에서 불꽃같은 안광을 뿜어냈고 막사는 주르르 눈물을 흘렸다.

"그것은 방주께서 사죄하실 일이 아닙니다. 그 자리에 속하가 있었더라도 형님처럼 목숨을 바쳐서 방주를 보호했을 것입니다."

막야는 한 자 한 자 또렷하게 말했다.

"그렇지만 형님을 죽인 자가 누군지 알려주십시오. 속하가 목숨을 걸고 반드시 그자를 죽여 형님의 복수를 하고야 말겠습니다."

"알겠다."

도무탄은 두 손을 뻗어 두 사람의 어깨를 잡았다가 천천히 끌어당겨서 품에 안았다.

도무탄은 매우 큰 키인데 막야의 키가 그와 거의 비슷했으며, 반면에 막사는 작고 아담한 체구여서 도무탄의 가슴께에 닿았다.

도무탄은 품속에서 막야의 몸이 단단하게 경직되고 막사는 파르르 떠는 것을 느꼈다.

第十七章

만병자왕(萬兵之王) 오룡검(五龍劍)

궁효는 삼방주와 보화, 막야와 막사가 있는 자리에서 도무탄이 천보궁에서 습격을 당했던 일을 비롯하여 지금까지의 과정을 자세히 설명해 주었다.

삼방주는 도무탄이 무슨 이유로 갑자기 해룡방에 출근을 하지 않는 것이며, 천보궁이 아닌 이런 곳에 기거하고 있는지 조금 전까지만 해도 전혀 모르는 상태에서 의아하게만 생각하고 있었다.

그런데 이제 궁효의 설명을 듣고서는 그야말로 기절초풍하고 말았다.

궁효가 설명을 하는 동안 모두들 경악하면서 때로는 주먹을 움켜쥐고 분노하며 어쩔 줄을 몰랐다.

"으흐흑… 대형! 우리는 그런 것도 모르고……."

궁효의 얘기가 다 끝나자마자 한매선은 참았던 울음을 터뜨리면서 도무탄의 품으로 뛰어들었다.

평소 차분하기로 소문난 내방주 백선인과 외방주 천유공이지만 지금은 크게 놀라서 자리에 앉아 있지 못하고 일어서서 분노로 발을 굴렀다.

"맙소사… 설마 대형께 그런 일이 있었을 줄은 꿈에도 몰랐습니다……."

"그러게 내가 예전부터 뭐라고 말씀드렸습니까? 방현립이 갑자기 대형께 가까워지려고 애쓰는 것 같으니까 조심하시라고 누누이 말씀드렸잖습니까?"

하늘이 무너진다고 해도 눈썹 하나 까딱하지 않을 것 같은 외방주 천유봉이 손바닥으로 탁자를 세게 치면서 도무탄을 나무랐다.

도무탄이 겪었던 일들은 어느 것 하나 간담이 서늘하지 않은 것이 없다.

듣는 사람이 이 지경으로 소름이 끼치는데 당사자인 도무탄은 직접 칼에 찔리고 자루에 담겨져서 차디찬 강물에 던져졌었으니 그때의 공포와 절망을 어찌 짐작조차 할 수 있겠는가.

보화와 막야, 막사는 아무 말도 못하고 눈을 커다랗게 뜬 채 도무탄을 바라보기만 했다.

그들 중에서도 보화와 막사는 눈물을 뚝뚝 흘리면서 몸서리를 쳤다.

그때 궁효가 도무탄 오른쪽 녹상 옆에 두 손을 앞에 모으고 눈물을 흘리고 있는 소진을 정중하게 가리켰다.

"이분 소진 소저와 오라버니 소화랑 남매가 그 당시에 강바닥에 가라앉았던 대형을 구해주신 분이시오."

삼방주와 보화. 막야, 막사는 크게 놀라더니 모두 우르르 탁자 옆으로 나와 소진을 향해 일제히 무릎을 꿇었다.

"은공의 하늘과 같은 은혜 죽어도 잊지 않으리오!"

궁효도 같이 섰다가 무릎 꿇고 부복했다.

도무탄이 겪었던 일을 언제든지 듣기만 하면 기다렸다는 듯이 눈물을 흘리는 소진은 지금도 그저 그가 불쌍해서 울고 있다가 화들짝 놀랐다.

"아아… 이러지 마세요……."

모두들 우르르 일어서자 궁효가 이번에는 녹상을 가리켰다.

"이분 소저께서는 대형을 도와 방현립 일당을 죽여 복수를 해주신 녹 여협이시오!"

사람들은 또다시 일제히 녹상을 향해 부복했다.

"은공의 하늘과 같은 은혜 죽어도 잊지 않으리오!"

"뭐… 뭐야?"

불량스러운 자세로 비스듬히 눕듯이 앉아 있던 녹상은 깜짝 놀라서 파드득 자세를 바로 했다.

녹상과 도무탄의 관계는 처음부터 돈으로 맺어진 것이었다. 그게 아니었으면 두 사람이 지금까지 이어질 리가 없었다.

녹상의 목적은 어디까지나 돈이었다.

지금은 그렇지 않다고 해도 돈을 완전히 포기했다고는 자신 있게 말하지 못한다.

그래서 그녀는 은자 백만 냥을 받고 도무탄의 복수를 거들어준 일에 대해서 그의 최측근이라는 사람들의 진심 어린 감사의 인사를 받는 것이 그다지 마음이 편하지 않았다.

분위기가 고자누룩해지고 나서 도무탄은 모두를 둘러보면서 중요한 얘기를 꺼냈다.

"나는 해룡방이 중원(中原)으로 진출할 때가 됐다고 생각하는데 자네들 생각은 어떠한가?"

도무탄은 녹상에게만 얘기했던 것을 모두에게 처음으로 밝혔다.

모두의 얼굴에 기대와 희망 같은 것이 무지개처럼 피어났다.

"우리는 준비가 충분히 되어 있다고 생각합니다."

"마침내 하는 겁니까?"

천유공과 백선인의 듬직한 말에 이어서 한매선이 도무탄의 손을 굳게 잡고 힘 있게 말했다.

"지금까지 했던 것처럼만 하면 중원도 우리가 집어삼킬 수 있을 거예요."

도무탄은 이들이 다 쌍수를 들어 찬성할 것이라 짐작하고 있었다.

"그래서 내가 구상해 둔 것이 있는데……."

그가 이렇게 서두를 꺼낸다는 것은 이미 해룡방의 중원진출에 대한 계획이 구체적으로 짜여 있다는 뜻이다.

그가 말을 꺼내자 모두들 상체를 앞으로 숙이면서 귀를 기울였다.

도무탄을 비롯한 오방주의 '해룡방 중원진출'에 대한 일차적인 논의는 자정을 반 시진쯤 남겨두고 끝났다.

"궁효, 갖고 왔느냐?"

"네, 대형."

도무탄의 물음에 궁효는 재빨리 밖으로 나갔다가 붉은색

의 길쭉한 상자 하나를 들고 들어왔다.

쿵!

"열어라."

궁효가 상자를 탁자에 올려놓자 도무탄이 명령했다.

기긱…….

상자 안에 무엇이 들었는지 알고 있는 사람은 도무탄과 궁효 둘뿐이라서 다른 사람들은 궁금한 표정으로 상자를 주시했다.

"어디 보자……."

도무탄은 상자 안을 들여다보았다. 그 안에는 무기 세 자루가 들어 있는데 검 한 자루와 도 두 자루였다. 그는 그중에서 검을 집어 들었다.

슥—

"이것이로군."

그는 집어든 검을 한 번 쓰다듬으면서 대충 살펴보고는 녹상에게 내밀었다.

"자, 상아. 네 것이다."

"엉?"

자기하고는 전혀 관계가 없을 것이라는 생각에 술잔을 기울이고 있던 녹상은 의아한 표정을 지으며 취기 어린 눈으로 쳐다보았다.

"받아라."

"뭔데?"

녹상은 귀찮다는 듯 미간을 좁혔다.

"검인데 꽤 쓸 만할 게다."

"지금 쓰고 있는 검도 괜찮은데 또 무슨 검을 주는 거야? 거기 놔."

그녀는 도무탄이 내미는 검을 거들떠보지도 않고 계속 술만 마셨다.

그녀의 심기가 뒤틀린 이유는 도무탄 옆에 한매선이 찰싹 붙어 앉아서 한시도 쉬지 않고 그의 손이나 허벅지, 몸을 만지고 있기 때문이다.

그런데도 도무탄은 싫은 기색은커녕 뭐가 그리도 좋은지 바보처럼 연신 허허거리면서 웃기만 했다. 그 꼬락서니가 녹상은 영 마뜩찮은 것이다.

하지만 어째서 기분이 뒤틀리는 것인지에 대해서는 미처 생각해 보지 않았다.

도무탄은 이번에는 양손에 하나씩 두 자루의 도를 꺼내 잠시 살펴보다가 막야와 막사에게 내밀었다.

"이 도가 막야 네 것이로군. 그리고 이 도는 막사 것이다. 받아라."

"어이쿠… 속하들이 어찌 감히……."

"에… 엣?"

감정을 겉으로 잘 드러내지 않는 막야와 눈이 유난히 크고 검은 막사는 크게 놀라 비명처럼 외쳤다.

"너희 둘을 내 호위로 두려고 이 도를 주는 것이다."

"호… 위입니까?"

막야와 막사는 눈을 휘둥그렇게 뜨며 혼비백산했다.

궁효가 나직이 꾸짖었다.

"어서 도를 받고 명을 받들어라."

막야와 막사는 화들짝 놀라서 급히 도무탄 앞에 나란히 무릎을 꿇었다.

"방주의 명을 받듭니다."

도무탄은 엷은 미소를 지었다.

"이제부터 너희를 해룡야사(海龍夜事)라고 부르고 나의 좌우호위로 삼겠다."

막야의 '야'와 막사의 '사'를 따서 해룡야사라고 별호를 지어준 것이다.

"이것은 해룡야(海龍夜) 것이다."

막야는 두 손을 머리 위로 높이 받들어 도무탄이 하사하는 도를 받았다.

"그리고 이것은 해룡사(海龍事) 것이다."

막야처럼 두 손을 머리 위로 올려 도를 받아 든 막사의 가느다란 두 팔이 바들바들 마구 떨렸다.

도무탄은 막씨 남매를 굽어보았다.

"나는 머지않아서 중원으로 갈 것이다."

그것은 막씨 남매도 알고 있다. 아까 해룡방이 중원으로 진출한다는 얘기를 그들도 들었다.

"내가 가는 곳은 무림이다."

순간 막씨 남매는 움찔 몸을 떨었다.

"그곳에 너희도 같이 간다."

"아……."

막야인지 막사인지의 입에서 그런 탄성이 흘러나왔고, 두 사람은 동시에 고개를 들어 도무탄을 우러러보는데 얼굴에는 감격이 가득했다.

칼을 잡고 있는 모든 사람의 꿈은 무림에서 활약을 펼치는 것이다.

막야와 막사가 비록 변방이라고 할 수 있는 태원성의 전도문이라는 볼품없는 문파에서 도법을 배우고 있지만, 언젠가는 무림에 나가 원대한 꿈을 펼치고 싶다는 희망을 가슴속에 품고 있었다.

하지만 두 사람은 산예문 소속으로 해룡방에 매인 몸이므로 위에서 시키는 대로 해야만 한다.

그러니 무림진출이라는 것은 언감생심 꿈조차도 꾸지 못

하는 일이다.

그런데 죽을 때까지 이루지 못할 것 같았던 그 요원한 꿈이 도무탄에 의해서 이루어지려 하고 있는 것이다.

보화는 도무탄이 구태여 좌우호위 같은 것을 두지 않아도 된다는 사실을 알 수 있었다.

그런데 그가 막야와 막사를 좌우호위를 거둔 이유는 그들이 막태의 동생들이고 또 보화가 거두어달라고 간곡하게 부탁했기 때문일 것이다.

그것을 짐작하는 보화는 도무탄이 너무도 고맙고 또 존경스러워서 견딜 수가 없었다.

그렇지만 막야와 막사는 그런 것까지는 알지 못한다. 두 사람, 즉 해룡야사는 감격에 겨워서 그 자리에 부복하며 크게 외쳤다.

"고맙습니다! 방주!"

궁효가 지적했다.

"대형이라고 불러라."

해룡방주 휘하에는 수천 명이 있지만 그를 '대형'이라고 부를 수 있는 최측근은 채 열 명도 되지 않는다.

그런데 이제 해룡야사가 순식간에 도약하여 그 반열에 들었으니 이것이 꿈인지 생시인지 실감이 나지 않았다.

"대형! 고맙습니다!"

녹상은 일부러 코가 비뚤어지도록 술을 마셨는데도 정신이 말짱했고 도무지 잠이 오지 않았다.

처음에 그녀는 기방주 한매선이라는 요염하게 생긴 여자가 도무탄에게 너무 들러붙는 것 때문에 기분이 나빠서 술을 많이 마시기 시작했었다.

그런데 이후에 어느 순간부터 녹상은 갑자기 불길한 예감에 사로잡혔다.

어쩌면 오늘 밤에 도무탄이 한매선하고 함께 잘지도 모른다는 불길함이었다.

건강한 남녀가 같은 방에서 함께 잔다는 것은 두 사람이 정사를 한다는 뜻이다.

그것 때문에 녹상은 마음이 불안해서 쉴 새 없이 술을 마셔댔었다.

사실 한매선이 도무탄에게 들러붙는다고 해서 녹상이 기분 나빠야 할 이유 같은 것은 없다.

또한 도무탄과 한매선이 한 방에서 자든 정사를 하든 그녀가 관여할 바가 아니다.

도무탄은 녹상을 누이동생처럼 생각한다고 누누이 말했었으며, 녹상도 도무탄에게 특별한 감정 같은 것은 품고 있지 않다고 스스로 생각했었다.

그러므로 도무탄이 한매선하고 정사를 하는 것에 대해서 녹상이 이처럼 노심초사하고 또 신경을 곤두세워야 할 하등의 이유가 없는 것이다.

"언니, 잠이 안 와요?"

그녀가 잠을 이루지 못하고 하도 뒤척거리니까 소진이 잠에서 깨어 눈을 비비면서 물었다.

"응. 어서 자라."

녹상은 소진의 머리를 부드럽게 쓰다듬었다. 문득 녹상은 소진이 친동생 같다는 생각이 들었다.

소진이 꼼지락거리면서 녹상의 품으로 파고들면서 팔로 허리를 꼭 끌어안았다.

"오라버니가 계시지 않아서 허전해요?"

"그래."

"저도 그래요."

별 뜻 없이 소진의 물음에 솔직하게 대답했다가 녹상은 움찔 놀랐다.

그러나 대답을 하고 시간이 조금 흘렀기 때문에 지금 부인하면 꼴이 우습게 돼버려서 녹상은 잠자코 있었다.

"언니는 오라버니를 좋아하죠?"

"……."

그랬더니 소진이 조금 더 과감한 것을 물었고 녹상은 대답하지 못했다.

"저는 표현할 수 없을 만큼 오라버니가 너무나도 좋아요. 아까 오라버니의 최측근이라는 사람들처럼 저도 오라버니를 위해서라면 기꺼이 이 한목숨을 바칠 수 있을 것 같아요. 언니도 그렇죠?"

녹상이 대답을 하지 않은 것을 소진은 긍정으로 받아들인 모양이다.

"제가 보기엔 오라버니도 언니를 좋아하는 것 같아요."

"좋아하긴 개뿔……."

그 말에 녹상은 괜히 발끈했다.

"좋아하는 놈이 딴 여자하고 그 짓을 해?"

"보화 언니 말을 들어보니까 기방주 한매선이라는 분은 오라버니하고 각별한 관계인 것 같아요."

소진은 보화하고 내내 주방에서 요리를 준비하면서 매우 친해져서 그녀에게 도무탄에 대한 얘기를 많이 들었다. 그중에 오늘 온 기방주 한매선에 대한 얘기도 있었다.

녹상은 속이 뒤틀렸으나 한매선에 대한 얘기라서 귀를 쫑긋 세웠다.

소진은 녹상의 가슴에 얼굴을 묻고 눈을 감은 채 혼곤한 상태로 한매선에 대해서 얘기해 주었다.

"그래?"

“네… 그러니까 한매선이란 분은 오라버니의 단순한 여자 같은 존재가 아닌 거예요.”

소진의 설명대로라면 한매선이라는 여자는 도무탄에게 여러 가지 의미를 지닌 매우 중요한 존재다.

도무탄이 처음으로 동정을 준 첫 여자이면서 이후로도 이따금 몸을 섞기도 한 내연(內緣)의 여인 같은 관계다.

그러면서 십사 세 어린 도무탄에게 선뜻 은자 오만 냥을 투자하여 오늘날 해룡방의 기틀을 마련해 준 물주(物主)이기도 하다.

그런가 하면 해룡방의 기상단이라는 한 축을 담당하고 있는 심복수하이기도 하다.

“어찌 보면 오라버니에게 한매선이라는 분은 연인이면서도 누나 같고 그러면서도 어머니 같은 존재가 아닐까요?”

“그럼 누나나 엄마하고 그 짓을 하는 그놈은 대체 뭐냐? 짐승이냐?”

“언니는 그걸 모르겠어요?”

소진은 녹상의 앞섶을 헤치고 속으로 손을 집어넣어 터질 듯 풍만한 젖가슴을 부드럽게 어루만지며 쓰다듬었다.

“저는 알 것 같은데…….”

“아… 알긴 뭘 알아?”

소진의 손길이 유두에 스치자 녹상은 움찔했으나 그녀를

뿌리치진 않았다.

"남자는 그렇대요. 누나 같고 엄마 같은 여자를 좋아한대나 뭐래나……."

"그게 무슨 소리야?"

녹상으로서는 도무지 알 수 없는 얘기다.

"아아… 저에게도 이렇게 아름다운 가슴이 있다면 얼마나 좋을까요?"

소진은 녹상의 가슴에 얼굴을 묻고 중얼거리더니 잠시 후에 가늘게 코를 골았다.

도저히 잠이 오지 않아서 녹상은 아까 도무탄이 준 검을 갖고 뜰로 나왔다.

잠도 오지 않는데 계속 뒤척이고 있는 것이 짜증나는데 문득 머리맡에 도무탄이 준 검이 눈에 띄었던 것이다.

왼손에 쥐고 있는 검의 무게는 원래 그녀가 사용하던 검보다 훨씬 가벼웠으나 길이는 두 뼘 정도 더 길어서 거의 넉 자에 가까웠다.

그녀는 도무탄이 준 검에 대해서 그 어떤 일말의 기대도 하지 않았다.

그저 잠이 오지 않아서 뜰에 나가 한바탕 검법이라도 전개해보려는 생각이었다.

슥—

뜰에 나선 녹상은 왼손에 쥐고 있는 검을 들어 올려 대충 살펴보다가 흠칫했다.

검실(劍室:칼집)이 쇠였다. 보통 도실(刀室)이나 검실은 대부분으로 가죽으로 만드는 것이 상식처럼 되어 있다. 겉이기 때문에 손상이 잦고 분실하기 쉬워서 정성이 많이 들어가는 쇠로 된 검실은 하지 않는 편이다.

그녀는 갑자기 이 검에 관심이 생겨서 자세히 살펴보기 시작했다.

검실 표면은 아주 작은 바둑판 모양으로 잘 정돈된 차분한 느낌을 주었다.

희고, 노랗고, 붉으며, 검고, 푸른 다섯 개의 색이 묘하게 섞여서 어떤 그림을 나타내고 있었다.

'뭐지?'

그녀는 검을 왼손에 쥐고 팔을 쭉 뻗고 상체를 뒤로 한껏 젖히면서 최대한 멀찍이 보려고 했다.

'용(龍)인가?'

팔을 뻗은 상태에서 검실을 빙글 돌려보았다.

검실 끝에서 구불구불하게 검실을 감싸면서 검파로 이어진 것은 분명히 한 마리 용의 형상이었다.

그런데 용이 백(白), 황(黃), 홍(紅), 흑(黑), 청(靑)의 오색(五

色)으로 이루어져 있다. 즉, 오색룡인 것이다.

그리고 한 가지 더 특이한 것은 검실 끝에서 시작된 용의 형상이 검파에 이르러서도 끝나지 않고 여전히 몸통을 이루고 있다는 사실이다.

그것은 마치 화공(畵工)이 그림을 완성하지 않고 그리다가 만 것 같은 느낌을 주었다.

녹상은 검을 살펴보는 동안에 이미 자신도 모르게 검에 몹시 심취해 버렸다.

문득 그녀의 눈이 검의 한곳에 고정되면서 가볍게 빛났다.

그곳은 검의 몸체, 즉 검신(劍身)과 검실이 분리되는 부위인데 검실의 끝부분 칼코등이 가까이에 하나의 작은 고리가 있고 그것이 검파 쪽 슴베에 연결되어 있었다.

"오……."

그걸 보고 녹상은 작은 탄성을 흘렸다. 그로써 그녀는 어째서 검실이 쇠로 만들어졌는지 알게 되었다.

검실을 값싸고 만들기 쉬운 가죽으로 하는 이유는 자주 분실하고 손상되기 때문이다.

그런데 이 검처럼 검실과 검파가 평상시에 고리로 단단하게 연결되어 있으면 절대로 분실할 리가 없다.

즉, 검을 통째로 분실하는 한이 있어도 검실과 검신이 따로 떨어지는 경우는 없을 것이라는 얘기다.

그렇지만 검을 뽑을 때마다 고리를 풀어야 하는 번거로움이 따를 것이다.

예를 들어서 급습을 당하게 되었을 때 즉시 발검(拔劍)을 하는 대신에 고리를 풀고 있다면 목숨이 몇 개라도 남아나지 못할 터이다. 그런 점에서 본다면 이 검은 실패작이다.

녹상은 조금 실망하여 왼손으로는 검실을 오른손으로는 검파를 잡고 천천히 검을 잡아당겨 보았다.

과연 고리가 얼마나 단단하게 연결되어 있는지 확인해 보려는 것이다.

틱…….

그런데 미약한 소리가 나더니 검실에서 검이 뽑혔다. 고리가 어느새 풀려 있었다.

착각이 아니다. 그저 슬쩍 잡아당기는 것만으로 검이 뽑혀 버린 것이다.

"어?"

그녀는 가볍게 놀라서 다시 검을 꽂았다.

크릭…….

그랬더니 검이 완전히 꽂히면서 고리가 다시 걸렸다.

"히야……."

녹상의 얼굴에 신기하다는 표정이 저절로 환하게 번졌다.

틱…….

크릭…….

다시 검을 잡아당겼더니 이번에도 별 무리 없이 고리가 풀리면서 검이 뽑혔고, 다시 꽂았더니 슴베가 검실에 딱 들어가는 순간 고리가 제대로 걸려 버렸다.

'멋지다.'

녹상은 조금 전까지 도무탄 때문에 찜찜하던 기분이 깡그리 사라져 버리고 너무 기분이 좋아서 입이 함지박처럼 크게 벌어졌다.

틱…….

다시 검을 뽑았다.

스응…….

조금도 힘을 준 것 같지 않은데 검신이 미끄러지듯이 뽑히면서 용이 한숨을 내쉬는 것 같은 검명(劍鳴)이 흘렀으며 그 소리에 녹상은 가슴속이 서늘해지는 것을 느꼈다.

그녀는 단숨에 검을 뽑아 들었다.

수우우…….

그런데 그 순간 캄캄한 야공에서 흐릿한 한 줄기 섬광 같은 것이 번쩍하더니 그것이 일직선으로 검신으로 내려꽂혀 흡수되었다.

그것은 마치 검이 천공의 기운을 순간적으로 흡수하는 것 같은 광경이었다.

"……."

녹상은 깜짝 놀라서 하마터면 검을 놓칠 뻔했다.

후우우…….

그러더니 검이 한 차례 은은한 광채를 뿜어내고는 순식간에 빛이 사라졌다.

그리고 드러난 검신을 보는 순간 녹상은 숨이 턱 막히는 것을 느꼈다.

검파를 제외한 석 자 다섯 치 길이의 검신은 은은한 서기(瑞氣)에 휘감겨져 있었다.

오색의 서기다. 그리고 그 오색 서기 아래 검신에 용의 문양이 새겨져 있었다.

그것은 검실의 끝에서 시작되어 검파에서 끝났던 용의 몸통 부위가 다시 검신으로 이어진 모습이다.

슴베에서 허리가 시작되어 검첨 반 뼘 못 미친 곳에서 입에서 불길을 뿜어내고 있는 용의 머리 부위가 끝났다.

두근!

오색 서기의 용이 검신을 수놓고 휘황한 오색의 서기가 검신을 감싸고 있는 신비로운 자태를 보면서 녹상은 아주 오래전 그녀가 어렸을 때 부친이 입버릇처럼 해주었던 말이 생각났다.

"상아. 천하의 모든 도둑이 숨을 거두는 마지막 순간까지라도 훔치고 싶어 하는 물건이 하나 있는데 그것이 무엇인지 아느냐? 그것은 바로 만병지왕(萬兵之王)이며 억만금을 주고도 살 수가 없는 천상지기(天上之器)인 오룡검(五龍劍)이다. 네가 만약 오룡검을 손에 넣는다면… 너는 세상을 다 가진 것이나 같단다. 잘 들어라, 상아. 전설로만 이어지고 있는 오룡검의 모습은 이러하다…후략……."

검을 쥐고 있는 그녀의 손, 아니, 팔 전체가 후들후들 떨렸으며 그것을 바라보는 눈빛조차도 이리저리 흔들렸다.

"설마 이게… 오룡검……."

말도 안 된다. 전설의 오룡검이 이렇게 쉽게 자신의 손에 들어올 리가 없다.

저벅…….

그때 녹상은 근처에서 발걸음 소리가 들리자 움찔하며 급히 그쪽으로 검을 겨누었다.

"누구냐?"

그러나 어둠 속에 나타난 사람은 궁효였다. 그는 녹상을 힐끗 보더니 저만치의 전각으로 성큼성큼 걸어가면서 건조한 목소리로 말했다.

"경계를 서고 있는 수하들을 돌아보고 오는 길이오."

"아……."

검 때문에 반쯤 정신이 나가 있는 녹상은 궁효를 보고 그가 검을 갖고 왔다는 사실을 기억해 냈다. 그녀는 종종걸음으로 궁효에게 다가갔다.

"이거 무슨 검인지 알아?"

궁효는 간단하게 대답했다.

"오룡검이오."

그는 걸음을 멈추고 돌아섰다.

순간 번갯불이 녹상의 정수리에 꽂히고 태산이 가슴을 짓누르는 것 같은 충격을 받았다.

그녀의 생각이 틀리지 않았다. 전설의 오룡검이 그녀의 오른손에 쥐어져 있는 것이다.

"정말이야?"

"그렇소."

궁효는 건방지고 무례한 녹상하고 길게 얘기하고 싶은 마음이 없다.

"전설의 그 오룡검이란 말이지?"

그렇지만 녹상으로서는 이것이 진짜 그 오룡검인지 확인을 할 필요가 있다.

"전설인지 뭔지는 모르지만 대형께서 작년에 금화 이백만 냥을 주고 구입하신 오룡검이 분명하오."

"금화 이백만 냥?"

녹상은 눈이 휘둥그렇게 떠졌고 입이 쩍 벌어졌다. 금화 이백만 냥이면 은자로 무려 일억 냥이다.

녹상은 자칭 천하제일도둑을 지향하고 있지만 실제로는 은자 만 냥 이상 손에 쥐어본 적이 없었다.

그녀는 겨우 수습했던 정신이 다시 반쯤 나가 버렸다.

"오… 빠가 그런 엄청난 돈을 주고 무엇 때문에 이 검을 샀던 거지?"

"대형께선 예전부터 진귀한 물건에 대해서 관심이 많으셨소. 그렇지만 대형께서 구입하신 물건 중에서 이 오룡검이 가장 값비싼 것이었소."

그럴 것이다. 은자 일억 냥이라니, 그걸 쌓아놓으면 도대체 얼마나 될지 짐작조차 되지 않았다.

궁효는 밤하늘을 응시하며 이 년 전의 어느 날을 회상하면서 중얼거렸다.

"그때 구입하신 오룡검을 손수 상자에 넣으시면서 대형께서 말씀하셨소. 언젠가 소중한 사람이 생기면 그에게 오룡검을 선물로 주겠다고 말이오."

"흑!"

녹상은 갑자기 검을 놓고 두 손으로 얼굴을 감싸면서 울음을 터뜨렸다.

궁효는 그녀를 보며 남은 말을 마저 했다.

"어제 대형께서 내게 말씀하셨소. 오룡검을 가져와라. 상아에게 줘야겠다, 라고 말이오."

"으흐흑!"

녹상은 그 자리에 쪼그리고 앉아서 무릎 사이에 얼굴을 묻고 오열에 가까운 울음을 터뜨렸다.

도무탄에 대한 가없는 고마움과 감동뿐 아무것도 생각나지 않았다.

그에 대해서 어떤 섭섭함이 있었든지, 어떤 복잡한 감정을 품고 있었든지 다 소용이 없다. 오룡검이 그 모든 것을 일축해 버렸다.

第十八章

거침없는 젊은 영웅

"일어나라."

잠을 자고 있는 막야는 머리맡에서 들리는 나직한 목소리에 번쩍 눈이 떠지는 것과 동시에 도를 뽑았다.

딱!

"윽!"

그러나 도를 뽑으려는 것은 단지 마음뿐이다. 언제나 가슴에 품고 자는 도에 손을 대려는 순간 머리에서 박 터지는 소리와 함께 불똥이 튀었다.

"으으……."

막야는 머리가 쪼개지는 듯한 아픔을 느꼈으며 본능적으로 몸이 움츠러들었으나 벌떡 퉁기듯이 일어나며 재차 도를 뽑으려고 했다.

툭—

그러나 도실을 왼손으로 움켜잡고 오른손으로는 도파를 잡고 뽑으려고 하는 순간 무언가에 의해서 너무도 가볍게 도가 수중에서 벗어나 버렸다.

막야는 아직 상대가 누군지 확인도 못한 상태에서 머리를 맞았고 졸지에 도까지 뺏겼다.

그것도 어젯밤에 대형 도무탄으로부터 하사받은 목숨보다 더 소중한 도를 말이다.

쿡!

"윽……."

그가 상대를 확인하기도 전에 세 번째 압박이 가해졌다. 상대의 발이 막야의 가슴을 가볍게 차면서 상체를 침상에 쓰러뜨리고 지그시 발로 짓밟았다.

"네 임무가 뭐냐?"

"으으……."

막야는 머리가 쪼개지는 고통이 이제야 머리에서 온몸으로 퍼져나가고 있는 상황에 이어서 가슴이 무너지는 압박감을 느끼면서 겨우 상대가 누군지 알아보았다.

침상에 벌렁 누워서 버둥거리고 있는 막야의 가슴에 한쪽 발을 얹고 싸늘하게 쏘아보고 있는 사람은 다름 아닌 녹상이었다.

"너희 둘 오빠의 좌우호위, 오빠로부터 해룡야사라는 별호를 하사받은 놈 아니었느냐?"

"으으… 그렇습니다……."

녹상이 도무탄의 여동생이라고 들은 막야는 고통을 이기면서 간신히 대답했다.

"그런데 오빠를 호위할 생각은 하지 않고 잠만 처 자고 있느냐? 엉? 그게 해룡야사가 할 일이냐?"

순간 막야는 머리와 가슴의 고통보다 백 배 더 큰 충격을 받고 머리가 멍해졌다.

"자… 잘못했습니다……."

"밤중에 해룡야사 둘 중 한 명은 오빠를 측근에서 호위하고 있어야 한다. 알았느냐?"

"그렇습니다. 잘못했습니다. 용서하십시오."

녹상의 말이 백번 옳다. 막야는 지난밤에 도무탄으로부터 해룡야사 좌우호위에 임명됐으며, 분위기에 휩쓸려서 여동생과 함께 술도 많이 마셨었다.

그러나 취했든지 잠을 자든지 그리고 언제 어느 때 어떤 상황에서라도 그들이 해룡야사 좌우호위라는 사실은 변함이 없다.

"네가 우호위냐? 아니면 좌호위냐?"

"우… 우호위입니다."

사실 막야와 막사는 그것도 정하지 않았다. 하지만 보통 남자가 우호위라서 그렇게 대답했다.

녹상은 막야의 가슴에서 발을 뗐다.

"가서 좌호위를 깨워서 데리고 와라."

막야와 막사는 그야말로 박살이 났다.

"허억… 헉헉……."

"하아아… 하아……."

두 사람은 대전 바닥에 길게 드러누워서 네 활개를 펴고 거친 숨을 몰아쉬었다.

"너희 겨우 이 정도 실력을 갖고서 오빠를 호위하겠다는 것이냐?"

녹상은 우뚝 서서 양 허리에 두 손을 얹고 막야와 막사를 굽어보며 냉랭하게 비웃었다.

막야와 막사는 만신창이가 되었다. 얼굴은 사람인지 짐승인지 알아보지 못할 정도로 퉁퉁 붓고 찢어졌으며, 온몸 어디 한 군데 아프지 않은 데가 없다.

하지만 무엇보다도 가장 큰 상처를 당하고 다친 곳은 두 사람의 자존심이었다.

두 사람은 궁효가 태원성 최고의 문파라고 인정하는 전도문에서도 일, 이 위를 다투는 실력자이다.

물론 사부이며 문주인 단혼도는 두 제자의 실력이 아직도 멀었다면서 만약 그 실력으로 무림에 나간다면 하루도 넘기지 못하고 죽음을 맞이할 것이라고 입을 열기만 하면 꾸짖었었다.

그렇지만 막야와 막사는 사부의 충고를 귓등으로 흘려서 들었다.

전도문 이십여 명의 제자 중에서 자신의 실력이 최고라고 자부하는 그들의 귀에 사부의 충고가 들릴 리 만무했다.

그런데 두 사람은 무림에 나가기도 전에 오늘 새벽 이곳 서림장에서 사부의 말씀이 백번 옳았다는 사실을 뼈저리게 실감했다.

일각 전에 녹상은 막야와 막사를 이곳 대전으로 데리고 와서 딱 한마디만 했다.

"덤벼라."

두 사람이 서로의 눈치를 보면서 머뭇거리고 있는데 녹상이 먼저 공격했다.

아니, 두 사람은 녹상의 공격을 보지도 못했다. 눈앞에 빛이 번쩍하더니 그대로 나가떨어졌다.

더구나 녹상은 어깨의 검을 뽑지도 않은 채 맨손으로 공격을 한 것이다.

후다닥 일어난 막야와 막사는 도무탄으로부터 하사받은 도를 뽑아 들고 녹상을 공격했으나 덤벼드는 속도보다 더 빨리 얻어맞고 나가떨어졌다.

전도문에서 최고로 강하다고 믿었던 자신들이 이처럼 힘도 못쓰고 당하는 것이 도저히 믿어지지 않았다.

더구나 녹상은 맨손인데다가 어떻게 공격을 하는지 너무 빨라서 보이지도 않았다.

그렇게 일각밖에 지나지 않았는데 막야와 막사는 족히 백대 이상 두들겨 맞았으며 더 이상 일어날 기력조차 남아 있지 않았다.

녹상은 아까 오룡검에 대한 것을 궁효에게 듣고 나서 정말 많이 울었었다. 그것은 깨달음의 눈물이고 뉘우침의 통곡이었다.

도무탄은 그녀에게 아무런 조건도 없이 끝없이 베풀기만 하는데 비해서 그녀는 처음부터 끝까지 도무탄에게 계산적이었다는 사실을 깨닫고는 울음을 그칠 수가 없었다.

그리고 자신이 해야 할 일을 깨달았다. 도무탄이 추구하는 목적에 조금이라도 보탬이 돼야겠다고 다짐했다.

지금까지 그를 돕지 않은 것은 아니지만 그냥 건성으로 했으며 대가를 원했기 때문이다.

그래서 이제부터는 진심으로, 그리고 열성을 다해서 그를 돕고 보필하는 것이 자신의 소임이라고 믿었다.

녹상은 우선 가장 가까운 곳의 일, 그리고 눈에 거슬리는 것부터 처리하기로 했다.

그것이 도무탄의 호위무사들을 더욱 강하게 가르치는 일이라고 생각한 것이다.

그런데 그녀가 보기에 막야와 막사는 예상했던 것보다 훨씬 더 형편없는 실력이었다.

"이잇!"

그런데 그때 앞쪽에 널브러져 있는 두 사람 중에서 작은 체구의 막사가 느닷없이 벌떡 상체를 일으키면서 오른손에 쥐고 있는 도를 녹상의 하체를 향해 젖 먹던 힘을 다해서 휘둘렀다.

"기질이 마음에 들었다."

녹상은 둥실 허공으로 몸을 띄우면서 미소를 지었다.

척!

그녀는 막사가 휘두르는 도의 도신 위에 한쪽 발끝으로 살짝 올라섰다.

"그러나 너무 느리다."

탁!

"악!"

녹상의 다른 발끝이 막사의 어깨를 가볍고도 짧게 걷어찼다.

막사는 뒤로 벌렁 자빠졌다가 주르르 밀려갔다.

"요옷!"

그 순간 이번에는 막야가 바닥을 박차고 비스듬히 녹상을 향해 짓쳐가면서 두 손으로 움켜잡은 도를 힘차게 그으면서 전 공력을 주입시켰다.

쩌르…….

순간 대전 허공이 짧고 강하게 진저리를 치듯이 떨면서 울렸다.

지금까지는 막야와 막사가 공격을 했을 때 이런 경우가 없었는데, 지금은 막야가 도에 공력을 가득 주입하자 이상한 현상이 일어났다.

막야는 도가 여태까지보다 몇 배나 더 빠르게 움직일 뿐만 아니라 도에서 뭔가 이상한 기운이 뿜어지는 듯한 느낌을 받았다.

이들은 도무탄에게 도를 하사받은 후에 자세히 살펴보았지만 자신들이 원래 갖고 있던 도하고 크게 다른 점을 별로 발견하지 못했었다.

그런데 이제 보니까 평범한 도가 아닌 듯했다. 어느 정도 이상의 공력이 도에 주입되면 신비한 위력을 발휘하는 것 같았다.

녹상은 갑자기 빨라진 막야의 공격에 흠칫 놀랐으나 당황하지 않고 비류보를 밟아서 피했다.

막야의 공력은 십오 년 정도이고 막사도 비슷하다.

"사야! 도에 전 공력을 주입해서 공격해라!"

막야는 빠르게 외치면서 다시 녹상을 공격했고, 막사도 수중의 도에 공력 전부를 주입하여 공격해 나갔다.

쩌르르르…….

막야와 막사가 양쪽에서 공격을 펼치자 대전의 허공이 공포에 질린 듯이 마구 진저리를 치며 떨었다.

막야와 막사의 사부 단혼도는 누누이 말했었다. 이들이 배운 전삼도(電三刀)를 언젠가 극성으로 터득하고 또한 일 갑자의 공력으로 펼치게 된다면, 도가 믿을 수 없을 만큼 빨라지면서 우렛소리를 낼 것이며 또한 번갯불이 뿜어질 것이라고 말이다.

전삼도는 일 초식이 전뢰도(電雷刀)이고, 이 초식은 전우도(電雨刀) , 삼 초식은 전광도(電光刀)다.

남매가 지금 전개하고 있는 것은 일 초식 전뢰도라서 벽력음이 쩌르르… 하고 터지는 것이다.

그렇지만 남매는 전삼도를 극성까지 터득하지 못했으며

공력이 일 갑자에 못 미치는데도 불구하고 굉장한 위력을 발휘하고 있다.

그렇다는 것은 남매가 휘두르고 있는 도가 대단한 신병(神兵)이라는 뜻이다.

녹상은 비로소 도무탄이 이들에게도 대단한 도를 선물로 준 것이라는 생각이 들었다.

그녀는 감히 방심하지 못하고 비류보를 전개하여 공격권에서 벗어났다.

여태까지는 맨손으로 막야와 막사를 흠씬 두들겨 패주었는데 이제는 두 사람이 전개하는 전삼도 일 초식 전뢰도 때문에 가까이 접근하는 것이 위험해졌다.

공격을 마치고 뒤로 물러난 막야와 막사는 사부가 전삼도에 대해서 했던 말을 기억해 내고 크게 놀라서 자신들의 도를 들어 올려 살펴보았다.

"이제 알겠느냐? 오빠가 너희에게 하사한 도는 평범한 물건이 아니다!"

막야와 막사는 녹상이 그런 말을 하지 않더라도 그 사실을 충분히 알 수 있었다.

두 사람은 자신들의 도가 굉장한 내력을 품고 있다는 사실을 깨닫고 아연실색하여 우두커니 서 있었다.

틱… 스우…….

녹상은 천천히 어깨의 오룡검을 뽑으며 막야와 막사에게 말했다.

"자. 이제부터 한번 실컷 놀아보자."

다 같이 둘러앉아서 아침 식사를 하는 자리에 녹상과 막야, 막사의 모습은 보이지 않았다.

식사를 마친 내방주 백선인과 외방주 천유공이 일어나서 도무탄에게 예를 취했다.

"속하들은 이만 가보겠습니다. 별다른 지시가 없으시면 어제 말씀하신 대로 이행하겠습니다."

"이제 중원에서 뵙겠군요."

궁효도 따라서 일어섰다.

"속하도 가보겠습니다."

슥—

도무탄은 품속에서 접은 종이 한 장을 꺼내 궁효에게 내밀었다.

"금창(金廠)에 찾아보면 쇄명강(碎命鋼)이라는 쇠붙이가 있을 것이다. 그것을 광숙에게 갖다 주고 이대로 만들어달라고 전해라."

천보궁 내에 도무탄과 궁효만 알고 있는 비밀창고가 바로 금창이다.

녹상에게 준 오룡검이나 해룡야사에게 준 건곤음양도 같은 진귀한 물건들은 모두 그곳에 있다.

"알겠습니다."

광숙은 태원성 내의 대장장이인데 사실은 여러 놀라운 재주를 지니고 있는 기인(奇人)이다.

도무탄과 녹상이 입은 설잠운금의를 만들어준 사람도 광숙이고 현재 소화랑에게 창술을 가르치고 있는 사람도 바로 광숙이다.

세 사람이 물러간 후에 보화와 소진은 분주하게 상을 치우고 탁자 앞에는 헤어지기 서운한 한매선이 도무탄에게 찰싹 붙어 있다.

"어젯밤에 정말 좋았어."

한매선은 생각만 해도 황홀한 듯 눈을 반쯤 감고 도무탄의 품에 안겨서 작게 몸서리를 쳤다.

"오래 굶었나 봐. 마치 짐승 같았어."

"하하! 누나는 당랑 같았어."

둘만 있을 때 한매선은 도무탄을 동생처럼 대한다. 당랑 같았다는 말에 그녀는 요염하게 눈을 치뜨면서 손을 뻗어 그의 음경을 꼭 잡았다.

"정말 당랑처럼 동생을 확 잡아먹어 버리고 싶어."

당랑, 즉 사마귀는 교미를 하는 동안 암컷이 수컷을 머리부터 오독오독 씹으면서 잡아먹는 것으로 유명하다.

도무탄은 빙그레 미소 지으며 한매선의 어깨를 감쌌다.

"누나, 중원의 일을 잘 부탁해."

"염려 마. 산서성 북방미녀들의 위력을 중원에 똑똑히 새겨줄 거야."

정오가 거의 다 돼서야 녹상과 해룡야사의 전쟁 같은 한바탕 싸움이 끝났다.

"하아악! 하악!"

막야와 막사는 대전 바닥에 드러누워서 허파가 터지고 심장이 튀어나올 것처럼 거칠게 숨을 몰아쉬었다.

녹상도 꽤 지쳐서 바닥에 퍼질러 앉아 흐르는 땀을 닦으면서 막야와 막사의 도를 평가해 주었다.

"네 것은 건양도(乾陽刀)가 분명하다. 춘추전국시대에 만들어졌다는 중원 최고의 명도(名刀)인 건곤음양도(乾坤陰陽刀) 중에 하나다. 전설에 의하면 건양도는 번개와 벼락을 부르고 쇠를 두부처럼 자른다고 한다."

녹상은 천하제일의 도둑을 지향하는 사람답게 진귀한 물건에 대해서는 모르는 것이 없다.

물론 전부 부친 녹향으로부터 십여 년에 걸쳐서 교육을 받은 덕분이다.

그녀는 훌륭한 도둑이 갖춰야 할 지식과 여러 덕목을 두루 겸비하고 있다.

그녀는 막야와 막사하고 한바탕 싸우고 나서 그들의 도를 살펴보고는 과연 도무탄이 이들에게도 어마어마한 전설상의 명도를 주었다는 사실을 알게 되었다.

숨이 넘어갈 듯 헐떡거리던 막야는 크게 놀라서 벌떡 일어나 앉아 녹상이 내미는 도, 즉 건양도를 공손히 두 손으로 받았다.

"해룡사 네 것은 건곤음양도의 또 다른 한 자루인 곤음도(坤陰刀)다. 풍우(風雨)를 부르며 역시 암석과 쇠를 잡초처럼 자른다고 알려져 있다."

막야와 막사는 어느새 녹상 앞에 나란히 무릎을 꿇고 앉아 앞에 내려놓은 각자의 도를 굽어보며 경탄과 감격의 표정을 짓고 있다.

"건곤음양도 한 자루를 굳이 가격으로 친다면 아마도 은자로 오천만 냥 이상 나가지 않을까 싶다."

"에… 에?"

"그… 그게 정말입니까?"

"그럼 내가 너희들에게 농담을 하겠느냐?"

막야와 막사는 눈을 휘둥그렇게 뜨고 입에서 거품이 뿜어지는 표정을 지었다.

도 한 자루에 은자 오천만 냥이라니 두 자루 합치면 물경 일억 냥이다.

지금까지 은자를 닷 냥 이상 가져본 적이 없는 두 사람은 도대체 은자 일억 냥이라는 것이 어느 정도인지 짐작조차도 되지 않았다.

다만 그들이 아련하게나마 짐작할 수 있는 것은 도무탄이 베푼 무한한 은혜다.

녹상은 혼이 달아난 것처럼 놀라고 있는 두 사람을 보면서 흐릿한 미소를 머금었다.

사실 그녀는 건곤음양도의 가치가 얼마나 나갈지 모른다. 그런 것을 그녀가 알고 있을 리가 없으며, 그처럼 진귀한 물건에 값이 매겨져 있을 리도 없다.

다만 도무탄이 오룡검을 은자 일억 냥을 주고 샀다니까 건곤음양도는 두 자루 합쳐서 일억 냥쯤 주고 샀을 것이라고 나름대로 계산해 본 것이다.

그녀는 아무래도 여러 가지 면에서 오룡검보다는 건곤음양도가 위력이나 가치 면에서 조금쯤은 아래가 아니겠는가 평가를 해보았다.

그렇지만 그것은 순전히 그녀 입장에서의 깜냥일 뿐이지 정확한 기준은 아니다.

막야와 막사는 조심스럽게 자신들의 도를 두 손으로 집어

들었다.

조금 전까지 사용하던 도와 지금의 도가 전혀 다른 것처럼 여겨졌다.

막야의 건양도는 전체적으로 은은한 붉은색이 감돌고 있으며 길이가 보통의 도보다 약간 짧으며 도신의 폭도 삼 할 정도 좁다.

그리고 도파 반 뼘쯤부터 도첨 반 뼘까지 도신 한복판에 길게 한 치 길이의 구멍이 뚫려 있었다.

도파에는 초서체로 한 바퀴 빙 돌면서 한 글자 '乾[건]'이라고 새겨져 있었다.

바로 그것이 이 도가 겉으로 봤을 때 건양도라는 움직일 수 없는 증거다.

막사의 곤음도는 모양은 건양도와 같은데 전체적으로 푸르스름한 광채가 감돌고 도파에 '坤[곤]'이라는 글자가 새겨져 있다는 점만 다르다.

"너희가 오빠를 어떻게 모셔야 하는지에 대해서는 더 이상 긴 말이 필요 없다."

녹상의 말에 막야와 막사는 깊숙이 고개를 숙였다. 이들은 도무탄이 자신들 각자에게 은자 오천만 냥의 가치가 나가는 도를 하사했다는 사실에 뭐라 말할 수 없는 감동에 사로잡혀 있다.

도무탄이 불러주기 전까지 이들은 그저 궁효의 눈에 띄어서 전도문에 보내져 도법을 익히고 있는 산예문의 수하에 불과했었다.

그리고 이들의 운명은 장차 해룡방 행상단 휘하의 호위무사가 되는 것으로 정해져 있었다.

하지만 이제 이들은 무림으로 도약하려는 도무탄의 양쪽 날개가 되었으니 신분과 희망, 포부 등 그 모든 것이 한순간에 다 바뀌어 버린 것이다.

"오늘부터 너희는 나와 함께 매일 무공수련을 하자. 그따위 형편없는 솜씨로는 오빠를 호위하기는커녕 거추장스러운 짐만 될 것이다."

막야와 막사는 부끄러움에 얼굴을 들지 못했다.

* * *

무적검룡 소연풍과 천상옥화 독고지연은 태원성 번화가에 위치해 있는 산예문에 들렀다가 나오고 있는 길이다.

소연풍이 태원성에 온 이유는 천신권의 권혼을 탐내서가 아니라 누군가 찾을 사람이 있기 때문이다.

소연풍은 검술로는 이미 입신지경에 이른 실력이라서 이제 자신에게는 권혼 같은 것이 필요 없다고 스스로 생각하고 있다.

또한 그는 검을 매우 좋아하기에 권혼이 제아무리 권법의 최고 경지라고 해도 관심이 없다.

소연풍은 흑의 경장에 챙이 넓은 방갓을 쓰고 있으며 나란히 걸어 나오고 있는 독고지연은 무림인답지 않게 긴 치마에 구름과 꽃, 학이 수놓아진 아름다운 운금상(雲錦裳)을 입고 얼굴은 얇은 비단면사로 가렸다.

그녀는 원래 활동하기 편한 경장을 즐겨 입었지만 소연풍과 같이 있는 지금은 그에게 예쁘게 보이고 싶어서 운금상을 사서 입었다.

그리고 본의 아니게 태원성을 훌쩍 떠났던 그녀는 다시 돌아왔다는 사실을 무림인들에게 알리고 싶지 않아서 면사로 얼굴을 가린 것이다. 소연풍하고 호젓한 시간을 보내고 싶은 마음 때문이기도 하다.

두 사람은 태원성에 온 지 오늘로써 이틀째인데, 소연풍은 사람을 찾는 일이 급하지 않은 듯 독고지연과 함께 이곳저곳 구경을 다니면서 맛있는 술과 요리를 먹으며 한껏 여유를 즐겼다.

그러면서 마치 지나는 길인 것처럼 여기저기 들러서 자신이 찾는 사람에 대해서 묻곤 했었다.

조금 전에도 두 사람은 태원성에서 가장 크고 좋다는 천풍

루라는 주루에서 맛있는 점심을 먹고 난 후에 사람들에게 물어 태원성에서 가장 큰 세력을 지녔다는 산예문에 잠시 들렀다가 나오는 길이다.

물론 소연풍이 찾는 사람에 대해서 산예문에 알아보려는 것인데 별다른 소득이 없었다.

하긴 소연풍이 찾는 인물은 무림에서도 제법 쟁쟁한 홍염도(紅焰刀)라는 인물인데 이런 시골의 하오문이 그런 자의 행방을 알고 있을 리가 없다고 소연풍은 생각했다.

"자… 이제 어디로 간다?"

산예문을 나서 대로 쪽으로 걸어 나온 소연풍은 이리저리 여유 있는 동작으로 둘러보며 중얼거리다가 독고지연에게 넌지시 물었다.

"독고 낭자, 이제부터 뭘 하면 좋겠소?"

"홍염도를 찾는 일이 급하지 않은가요?"

독고지연은 원래 아름다운 옥음인데 더욱 예쁜 옥음을 내면서 그리고 우아한 자태로 그를 바라보며 물었다.

소연풍은 빙그레 미소를 지었다.

"독고 낭자께서 하고 싶은 것이 우선이고 홍염도를 찾는 것은 그다음이오."

소연풍이 변방인 산서 태원성까지 온 것을 보면 홍염도를 찾는 일이 중요한 일인 것이 분명하다.

그런데도 그는 그 일을 뒷전으로 미루고 독고지연을 최우선으로 하고 있으니 그녀는 기쁘기 짝이 없다.

그녀는 소연풍이 자신의 목숨을 구해주었을 뿐만 아니라 은밀한 부위까지 보고 만졌기 때문에 그를 타인이라고 생각하지 않는다.

치료 때문에 그럴 수밖에 없었다면 고마워하는 마음만 갖고 돌아서면 그만이다.

하지만 독고지연이 지켜본 바에 의하면 그는 완벽하다는 말이 부족할 정도의 남자다.

그렇기 때문에 그를 놓치고 싶지 않았다. 할 수 있다면 그를 자신의 남자로 만들고 싶은 마음이다.

그렇다고 억지를 부릴 생각은 없지만, 그 역시 그녀에게 호감을 갖고 있는 것 같아서 별일이 없다면 그리 오래지 않아서 두 사람은 연인이 될 것만 같았다.

독고지연이 일전에 화산이웅과 태원성에 왔을 때에는 무엇을 해도 별로 재미가 없었으며 그다지 가고 싶은 곳도 하고 싶은 일도 없었다. 그래서 매사에 시큰둥했으며 짜증이 나 있었다.

그때 도무탄이란 작자를 만났을 때에도 그녀는 잔뜩 짜증이 난 상태였었다.

평소의 그녀였다면 도무탄이라는 자를 그냥 무심히 봐 넘졌을 것이다.

그런데 잔뜩 짜증이 났었기에 도무탄이 마차 안에서 어떤 여자와 정사를 벌이고 있는 광경을 보고는 추잡하다는 생각에 기분이 확 더러워져서 다짜고짜 화산이웅에게 그들을 죽이라고 했었다.

그런 일만 없었어도 그녀는 그런 어이없는 일을 당해서 죽을 고생을 하지는 않았을 것이다.

그렇지만 그런 일을 당했었기에 이렇게 소연풍과의 인연이 이어졌으므로 그 일이 나쁜 것만은 아니었다.

어쨌든 소연풍과 함께 있는 지금은 뭘 해도 재미있고 그와 함께라면 설사 그곳이 지옥이라고 해도 따라가고 싶은 마음이다.

"아미타불… 잠시 실례하겠소."

소연풍과 독고지연이 이제 어디로 갈까 궁리하고 있을 때 거리에서 두 명의 젊은 승려가 곧장 두 사람에게 다가오며 불호를 외웠다.

독고지연은 그들이 입은 황의 가사와 머리에 찍힌 계인(契印), 어깨에 메고 있는 검의 검파에 만(卍)자와 한 마리 학이 정교하게 새겨져 있는 문양을 보고는 소림무승일 것이라고 생각했다.

소림무승, 즉 십팔복호호법의 수석인 지공은 먼저 소연풍에게 손바닥을 세워보였다.

"무적검룡 소연풍 시주께 잠시 양해를 구하고 싶소."

소연풍이 챙이 큰 방갓을 쓰고 있는데도 지공은 그를 정확하게 알아보았다.

그러나 소연풍은 전혀 놀라지 않았으며 조금도 개의치 않는 느긋한 표정이다. 그것은 강자만이 지니고 있는 특유의 여유로움이다.

"무슨 일이오?"

"빈승들은 독고 여시주께 잠시 물어볼 말이 있는데 그래도 괜찮겠소?"

지공은 비단 소연풍 만이 아니라 동행하고 있는 독고지연까지도 알아보았다.

지공과 함께 있는 사람은 셋째인 정공이다. 이들은 홀연히 사라졌었던 천상옥화 독고지연이 태원성에 다시 나타났다는 사실을 조금 전에 개방 태원분타로부터 연락을 받아서 알게 되었다. 이제 태원성에서는 소림사와 개방이 굳게 협력을 하고 있다.

그런데 지공은 독고지연과 같이 행동하고 있는 사람이 당금 무림의 후기지수 중에서 단연 첫손가락에 꼽히는 무적검룡 소연풍이라는 말을 듣고 적잖이 놀랐다.

십팔복호호법은 소림사에만 틀어박혀 있고 무림에는 활동

을 거의 하지 않지만 무적검룡이 워낙 유명해서 그에 대해서는 어느 정도 알고 있다.

무적검룡과 독고지연이 함께 태원성에 나타났다는 사실을 지공에게 알려준 개방 태원분타의 분타주 독풍개(獨風丐)는 웬만하면 독고지연이 무적검룡과 함께 있을 때에는 그녀에게 접근하지 말라고 지공에게 신신당부했었다.

무적검룡이 마도(魔道)나 사파(邪派)의 인물은 아니지만 성격이 괴팍하고 무례하며 조금이라도 기분이 나쁘면 상대가 누구든지 간에 상관하지 않고 공격한다는 것은 무림에 잘 알려져 있는 사실이다.

그렇지만 지공은 독고지연에게 꼭 확인하고 싶은 것이 있어서 그녀가 혼자 있기를 오랫동안 기다렸으나 그런 기회가 오지 않자 하는 수 없이 그녀가 소연풍하고 함께 있는데도 접근을 한 것이다.

무적검룡이 대단하다고는 하지만 소림사하고는 비교할 바가 못 된다.

그렇다고 해도 어쨌든 무적검룡하고 충돌하는 것이 바람직하지 못한 일인 것만은 분명하다.

“소 시주께서 허락하시면 빈승은 독고 여시주에게 몇 가지 물어보고 싶은 것이 있소이다.”

지공은 소연풍에게 정중하게 양해를 구했다.

그러나 소연풍은 소문처럼 전혀 거만하지 않게 엷은 미소를 지으며 물었다.

"스님은 누구요?"

"빈승은 십팔복호호법의 수석승인 지공이고 이 사람은 사제인 정공이오."

소연풍은 고개를 끄떡였다.

"소림사에서 권혼을 훔쳐 간 녹향을 추격한다는 십팔복호호법이었군."

권혼을 차지하려고 태원성에 운집한 천여 명 이상의 무림인은 소림무승들의 행동에 촉각을 곤두세우고 있지만 그들의 눈에는 띄지 않으려고 안간힘을 쓰고 있다. 소림사에 찍혀서 좋을 일이 없기 때문이다.

하지만 소연풍은 그런 것은 전혀 안중에도 없다는 듯 거침없이 말했다.

"그렇소이다."

"녹향이 아직 이곳 태원성에 있소?"

소연풍은 거침없다 못해서 아예 안하무인으로 굴었다. 녹향을 잡으려는 추격대 우두머리에게 대놓고 녹향에 대해서 묻고 있지 않은가.

그렇지만 소연풍이 그런 것을 심심해서 괜히 물어보는 것은 아니다.

그가 찾는 홍염도는 아마 권혼을 얻으려고 이곳에 온 듯한데 권혼을 갖고 있다는 녹향이 아직 태원성에 있다면 홍염도 역시 이곳에 있을 것이다.

지공은 세 걸음 거리에서 소연풍을 똑바로 주시했다.

"그건 말해줄 수 없소."

소연풍은 빙그레 미소 지었다.

"그런 식으로 나오면서 당신들은 독고 낭자에게 뭘 기대하는 것이오?"

말인즉 너희는 아무것도 말해주지 않으면서 독고지연에게 뭔가를 알아내려고 하는 것은 도둑놈 심보가 아니냐고 꾸짖는 것이다.

"우린 그만 갑시다, 독고 낭자."

소연풍은 거리 쪽으로 몸을 틀었다.

독고지연은 의기양양해서 콧대가 하늘을 찌를 것 같았다. 무림인이라면 소림사 승려에게는 무조건 한 수 양보를 하는 것이 관례처럼 되어 있는데, 소연풍은 소림무승, 그것도 추격대 우두머리를 한마디 말로 짓밟아 버렸으니 통쾌하기 짝이 없었다.

독고지연은 이런 경험이 생전 처음이다. 막강한 사내와 함께 있으며 그에게서 보호를 받는다는 사실이 이처럼 짜릿할 줄은 상상도 못했었다.

그녀는 세상에서 이보다 더 멋진 경험은 두 번 다시 없을 것이라고 확신했다.

"흥!"

굳이 그러지 않아도 되는데 그녀는 지공과 정공 옆을 지나치면서 괜히 차가운 코웃음이 나왔다.

"하하하!"

소연풍은 독고지연이 의기양양 하는 모습을 보면서 흡족한 듯 낮은 웃음을 흘리며 걸음을 옮겼다.

"빈승들은… 녹향이 아직 이곳 태원성에 있는 것으로 판단하고 있소."

두 사람이 두어 걸음 걸었을 때 뒤에서 지공의 조용한 목소리가 들렸다.

명백한 굴복이다. 대소림사가 소연풍에게, 아니, 독고지연에게 무릎을 꿇었다는 생각에 그녀는 저절로 신바람이 나서 턱을 치켜들었다.

"아하하하핫!"

그녀의 낭랑한 웃음소리 때문에 행인들이 쳐다봤지만 그녀는 아랑곳하지 않고 계속 웃었다.

소연풍은 그녀가 기뻐하는 모습을 보면서 빙그레 미소만 지었다.

지공과 정공은 나란히 선 채 독고지연이 웃음을 그치기를 묵묵히 기다렸다.

다행이도 두 젊은 승려는 수양이 깊어서 이 정도에는 감정을 드러내서 일을 망치거나 하지 않는다.

그리고 독고지연에게서 알아낼 정보는 이 정도 수모를 견뎌낼 가치가 충분했다.

"뭘 알고 싶은가요?"

독고지연은 한껏 도도한 자태로 말했다. 그녀는 지공과 정공을 쳐다보지도 않았으며 표정과 눈빛에 정을 듬뿍 담아서 소연풍을 바라보았다.

그녀는 지공과 정공의 인내심에 상을 주고 싶었다. 그리고 자기가 얼마나 자비로운 여자인지 소연풍에게 보여주고 싶기도 했다.

지공은 일체의 감정을 얼굴에 드러내지 않고 잔잔한 목소리로 입을 열었다.

"독고 여시주께선 어째서 갑자기 태원성을 떠났던 것이오? 그리고 화산이웅은 어디에 있소?"

第十九章

좁혀드는 포위망

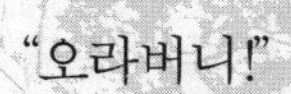

“오라버니!”

소진이 두 손을 입에 모으고 큰 소리로 도무탄을 불렀다.

도무탄과 녹상, 막야, 막사는 넓은 대전에서 서로 뒤엉켜 실전을 방불케 할 정도로 치열하게 수련을 하다가 소진의 외침에 뚝 멈추고 그녀에게 다가왔다.

소진 옆에는 보화가 쟁반을 들고 서 있으며 쟁반에는 네 개의 그릇이 있고 거기에는 검고 진득한 액체가 가득 담겨 있었다.

“마시기 좋도록 적당히 식혔으니까 단숨에 마셔요.”

슥—

도무탄이 제일 먼저 그릇 하나를 집어 보화 말대로 단숨에 마시자 녹상과 막야, 막사도 따라서 마셨다.

이것은 만년삼왕(萬年蔘王)이라는 진귀한 보약을 정성껏 달인 탕약으로, 무공을 익히는 사람이 한 그릇을 마시면 십 년 공력이 생긴다는 말이 있다.

도무탄은 일전에 궁효에게 천보궁 금창에서 오룡검과 건곤음양도와 함께 여러 가지 몸에 좋은 약재도 가져오라고 지시했었다.

본격적으로 무공을 연마하기로 했으니까 그런 약재들의 도움을 받아서라도 공력을 높이려는 목적이다.

도무탄은 평소에 비단 도검뿐만이 아니라 진귀하고 특이한 물건은 눈에 띄는 대로 죄다 구입했었는데 천보궁의 금창에는 이것 말고도 별별 물건이 잔뜩 있다.

궁효는 이번에 만년삼왕과 천년하수오(千年何首烏)를 비롯하여 이십여 가지 약재를 가져와 보화에게 주어서 잘 달여서 도무탄이 복용하도록 하라고 지시했었다.

"어… 이건 몇 년짜리 공력인데 이렇게 쓴 거야?"

녹상이 약을 반쯤 마시다가는 멈추고 오만상을 찌푸리며 도무탄에게 물었다.

철썩—

"하하하! 십 년짜리다. 참고 다 마셔둬라."

단숨에 마신 도무탄은 손바닥으로 녹상의 탱탱한 둔부를 때리며 웃었다.

"그럼 오라버니 공력이 십 년 더 오르도록 한 그릇 더 드릴까요?"

철썩—

"하하하! 진아가 예쁜 소리를 하는구나!"

소진이 기특하게 말하자 도무탄은 어깨를 들먹이며 소진의 조그만 둔부도 철썩 때렸다.

"제 욕심으로는 대형께는 열 그릇쯤 드리고 싶어요."

철썩!

"으하하하! 제수씨 말이 제일 마음에 든다!"

기분이 너무 좋아진 도무탄은 이번에는 보화의 커다랗고 탐스러운 둔부까지도 철썩 때려 버렸다.

그리고는 갑자기 장내에 싸아… 한 정적이 흘렀다.

보화는 화끈거리는 둔부를 두 손으로 만지며 우두커니 서 있고, 다들 도무탄을 쳐다보면서 어쩌자고 그런 짓을 저질렀느냐는 듯한 표정을 지었다.

"제수씨……."

도무탄은 뜨악한 얼굴로 입을 열었다. 그리고는 자신의 궁둥이를 불쑥 내밀었다.

"제수씨도 날 한 대 때리시오."

녹상은 녹상대로, 막야와 막사는 또 그들 나름대로 기운이 펄펄 넘쳐서 무공수련을 했다.

먹으면 공력이 증진되는 진귀한 보약을 피도 섞이지 않은 의동생과 수하들에게 나누어 주는, 아니, 그들과 똑같이 마시는 사람이 세상천지에 어디에 있다는 말인가.

보약을 먹어서가 아니라 도무탄의 그런 깊고도 숭고한 마음을 먹은 녹상과 막야, 막사는 그에 대한 사랑과 충성심이 철철 흘러넘쳤다.

어제는 처음으로 천년하수오라는 것을 먹었었다. 그것의 효능은 공력 십 년 증진이라고 했는데, 효능을 다 믿는다면 무림에는 보약으로 공력을 증진하려는 사람들이 아귀다툼을 벌일 것이다.

하지만 복용하고 싶은 마음이 있다고 해서 누구나 다 천년하수오 같은 것을 먹을 수 있는 것이 아니다.

한 뿌리에 자그마치 은자 몇 십만 냥씩이나 하는 것을 도라지 먹듯이 먹을 수는 없는 노릇이다.

어쨌든 녹상은 어제 천년하수오를 복용한 후에 운공조식을 해보니까 십 년까지는 아니더라도 공력이 얼마간 증진된 것을 확연하게 느낄 수 있었다.

그러니까 만약 이런 식으로 연일 보약들을 계속해서 복용하게 된다면 정말 공력이 몇 십 년쯤 증진될 수도 있다는 생각이 들었다.

돈 많은 오빠가 있으니까 천년하수오니 만년삼왕이니 하는 것을 밥 먹듯이 먹을 수 있는 것이지, 녹상이나 막야, 막사가 어디 삼생(三生)을 산다고 해도 그런 것 냄새라도 맡아볼 수 있겠는가.

"어서 드세요."

주방으로 돌아온 소진은 보화에게 만년삼왕을 달인 약재가 가득 담긴 그릇을 내밀었다.

도무탄은 자신들뿐만 아니라 소진과 보화까지도 챙겼다. 그녀들이 마시지 않은 것을 나중에 알게 되면 소진이 치도곤을 당하게 될 터이다.

보화가 어제도 그랬던 것처럼 그릇을 받아 들고 도무탄에 대한 고마운 마음으로 멍한 표정을 짓고 서 있자 소진은 배시시 미소 지었다.

"능이와 도, 매에겐 제가 벌써 먹이고 왔어요."

"벌써?"

"네. 아까 약이 식기를 기다릴 때 얼른 가서 먹였어요."

"정말 진아 너는……."

능이와 도아, 매아는 보화의 자식들이며 그녀가 도무탄을 돌보려고 서림장에 있는 동안 아이들도 같이 지내려고 이곳에 데려왔었다.

보화는 조금 전처럼 멍한 얼굴로 중얼거렸다.

“도대체 어떤 복을 타고나야 대형 같은 분의 여자가 될 수 있을까?”

“네? 아… 네…….”

뜻밖의 말에 소진은 깜짝 놀랐다가 방그레 미소를 지었다.

“언니도 오라버니를 사모하시는 거예요?”

“사모는 무슨… 큰일 날 소리를…….”

보화는 펄쩍 뛰며 손사래를 쳤으나 얼굴이 붉어지고 가슴이 쿵쿵 뛰는 것은 어쩌지 못했다.

도무탄을 사모하느냐는 소진의 물음 한마디에 일어난 심신의 변화다.

“어디 나 같은 게 감히…….”

‘이게 뭐지?’

수련을 멈추고 권혼심결 일 초식을 운공조식하던 도무탄은 단전 어림에서 뭔가 뜨겁고도 힘찬 기운이 스멀거리는 것을 느끼고 깜짝 놀랐다.

그것은 마치 단전 깊숙한 곳에 작은 불을 지핀 것 같은 느끼이다.

처음에는 불에 덴 것처럼 뜨끔하더니 곧 단전이 따스해지고 종내에는 그곳에 한 바가지의 뜨끈한 물이 고여 있는 것 같은 기분이 들었다.

'이것이 공력이구나……!'

도무탄은 그렇게 확신했다. 그게 아니고는 운공조식 중에 갑자기 단전이 뜨거워질 리가 없다.

어제 천년하수오를 복용했었고, 아까 만년삼왕을 복용한 이후 다섯 번째 운공조식을 하다가 지금 같은 현상이 일어난 것이다.

그는 이것이 천년하수오와 만년삼왕의 영험한 약효 덕분이라고 생각했다.

만약 그것이 아니었으면 그가 지금처럼 최초의 공력을 느낄 수 있는 시기는 아무리 빠르다고 해도 일 년쯤 지나야 할 것이다.

그는 적잖이 흥분을 느끼고 내처 세 차례 더 운공조식을 계속했다.

권혼심결 일 초식은 운공조식 구결인데 그는 그것을 두 개로 분리했다.

하나는 오른팔에 권혼력을 일으키는 것으로써 세 호흡만에 후다닥 해치우는 것이다.

그리고 다른 하나는 제대로 정상적인 운공조식을 하는 것으로써 한 번 하는 데 반각 정도가 소요된다.

구결은 하나지만 도무탄은 그것을 두 개로 분리해서 해석을 하고 운공조식을 했다.

그것은 필요를 위한 진화다.

"후우……."

도무탄은 이쯤에서 다시 무공연마를 하기 위해서 운공조식을 끝내고 일어섰다.

"방주, 문주로부터 전갈입니다."

그때 궁효가 만일을 위해서 서림장에 두고 간 산예문 수하 한 명이 급히 달려 들어왔다.

"방금 전서구로 도착했습니다."

그가 공손히 내민 서찰은 채 뜯지 않은 것으로 궁효가 보내온 것이다.

도무탄이 서찰을 펼치자 녹상이 궁금한 표정으로 옆에 바싹 다가들어 고개를 들이밀었다.

—대형, 천상옥화가 태원성에 다시 돌아왔습니다. 그녀는 무적검룡 소연풍이라는 인물과 일행이 되었습니다. 소림사 지공이라는 승려가 천상옥화에게 어째서 갑자기 태원성을 떠난 것이며 화산이웅은

어디에 있느냐고 물었으며, 그녀는 사실대로 대답했습니다. 참고로 무적검룡은 홍염도라는 자를 찾고 있습니다.

"무적검룡이 태원성에 왔어?"

녹상은 눈을 동그랗게 뜨며 탄성을 터뜨렸다. 그녀는 무적검룡을 한 번도 본 적이 없지만 소문을 귀가 따가울 정도로 많이 들었다.

도무탄은 녹상이 천상옥화에 대해서 말을 할까 봐 조금 염려가 됐다.

막야와 막사는 자신들의 형이며 오빠인 막태를 죽인 것이 천상옥화라는 사실을 알고 있는데, 그녀가 태원성에 돌아왔다고 하면 죽이고 싶어 할 것이다.

하지만 그들의 실력으로 천상옥화를 죽이는 것은 계란으로 바위를 치는 것이나 다름이 없다.

도무탄은 물론이고 녹상조차도 절대로 천상옥화의 상대가 되지 못한다.

복수를 하는 것은 능력을 갖추었을 때의 일이다. 그런데 지금 막야와 막사에게 천상옥화가 태원성에 왔다는 사실을 알려준다는 것은, 무모한 줄 알면서도 천상옥화에게 무조건 덤벼들거나, 아니면 덤벼들지 못하는 대신 속을 끓이며 괴로워하라는 것이나 다름이 없는 잔인한 짓이다.

"무적검룡이 누구냐?"

도무탄은 천상옥화의 일행이라는 무적검룡이 누구인지 알고 싶었다.

녹상은 천상옥화가 어째서 무적검룡하고 같이 있는 것인지에 대해서 곰곰이 생각하다가 대답했다.

"오빠 천하사룡이라고 들어봤어?"

도무탄은 무림에서 가장 고강한 네 명의 청년 고수에 대한 얘기를 어렴풋이 들은 기억이 있었다.

"들어봤다. 무적검룡이 그중 한 명이었던가?"

"그래."

"어느 정도냐?"

녹상은 적절하게 설명할 방법을 찾느라 미간을 좁혔다.

"오빠가 알고 있는 무림인 중에서 제일 고강한 인물이 누구야?"

"천상옥화."

그의 조용한 말에 막야와 막사가 흠칫했다.

천상옥화를 알기 전까지는 도무탄은 녹상처럼 고강한 사람을 본 적이 없었다.

그의 복수를 도와줄 때에 녹상은 진권문주 방현립조차도 어린아이처럼 다루었다.

그랬던 녹상인데도 천상옥화에겐 맥도 추지 못했었다. 마치 고양이 앞에 한 마리 쥐 같았었다.

녹상은 신경질적으로 내뱉었다.

“천상옥화는 무적검룡에게 일초지적(一招之敵)도 되지 못할 거야.”

“그 정도의 고수가 존재한다는 것이냐?”

도무탄은 적잖이 놀라서 목소리가 격양됐다.

그는 천상옥화 정도면 무림에서 최상위에 속할 것이라고 생각했었다.

그런데 그녀가 일초지적도 못될 정도의 고수가 존재한다는 사실이 쉬이 믿어지지 않았다.

“그걸 말이라고 해? 무림이 얼마나 크고 넓은데.”

“그렇다면 무적검룡보다 고강한 인물들이 무림에 또 있다는 말이냐?”

녹상은 고개를 끄떡였다.

“그리 많지는 않겠지만 있을 거야.”

도무탄은 그녀의 목소리에 자신감이 없다는 것을 느꼈다.

“몇 명이나 되지?”

“그래도 천하를 통틀어서 한 열 명쯤은 되지 않겠어?”

도무탄은 고개를 끄떡였다.

“알았다.”

그로써 무적검룡이라는 인물이 얼마나 고강한지 짐작할

수 있게 되었다.

넓고도 넓은 무림, 그리고 많고도 많은 무림고수 중에서 십위권에 든다면 그것은 거의 무적에 가까운 고수라고 봐야 할 것이다.

"너희는 계속 수련해라."

도무탄은 녹상과 막야, 막사에게 계속 수련하라 이르고 자신은 대전을 나섰다.

슥—

"이걸 궁효에게 전해라."

도무탄은 궁효가 보낸 전서구의 서찰을 갖고 온 산예문 수하에게 방금 적은 서찰을 주었다.

그 서찰에는 녹상을 도무탄의 친누이동생으로 만들라는 명령이 적혀 있다.

궁효가 서찰을 받으면 그 즉시 녹상을 도무탄의 친누이동생으로 만드는 작업에 들어갈 것이다.

그러면 한 시진 이내에 해룡방 전 휘하에 그 사실이 하달되어 태원성 내에서 녹상이 도무탄의 누이동생이라는 사실을 모르는 사람은 거의 없게 될 것이다. 그것도 아주 오래전부터 존재했던 누이동생이 되는 것이다.

진작 녹상에 대해서 손을 써놨어야 했는데 그녀가 지금처럼 도무탄하고 가까운 사이가 될 줄은 그 자신도 전혀 예상하지 못했었다.

도무탄은 서찰에 녹상의 이름을 도은상(途銀霜)이라고 따로 지어주었다.

저녁 식사를 하면서 녹상과 소진 등은 평소와는 다른 도무탄의 모습을 보게 되었다.

평상시에 그는 늘 활기가 넘치고 모든 사람의 중심에 있으며 또 대화를 주도했으나 오늘 저녁에는 어찌 된 일인지 혼자 심각한 표정으로 깊은 생각에 잠겨 있어서 마치 없는 사람 같았다.

식탁에는 도무탄과 녹상, 소진, 막야, 막사가 둘러앉아 식사를 하고 있다.

막야와 막사는 도무탄의 해룡야사로 임명된 다음 날부터 그의 명령에 의해서 함께 식사를 하고 있다.

"무슨 고민 있어?"

보다 못한 녹상이 결국 조심스러운 얼굴로 물었다. 버릇없는 그녀라고 해도 아무 때나 도무탄에게 함부로 할 수 있는 것은 아니다.

"어… 별거 아니다."

도무탄은 빙그레 웃으며 얼버무렸다.

"뭔데 그래. 얘기해 봐."

녹상은 식탁 아래에서 무릎으로 그의 무릎을 툭 치면서 재촉했다.

"우리가 계속 여기에 머물고 있어도 안전할 것인가를 생각하고 있었다."

도무탄이 자신에 대한 복수, 즉 진권문의 일이 깨끗이 끝났는데도 천보궁에 돌아가지 못하는 이유가 십팔복호호법이 아직까지 태원성에 머무르고 있기 때문이라는 것을 녹상은 잘 알고 있다.

줄곧 부친 녹향의 모습으로 활동했었던 녹상이 본래의 진면목을 되찾았으며, 도무탄의 명령으로 궁효가 그녀의 흔적을 깡그리 지웠기 때문에 제아무리 추적술이 완벽에 가까운 십팔복호호법들이라고 해도 그녀를 찾아내는 일은 불가능한 일이다.

더구나 오늘 도무탄이 녹상을 자신의 친누이동생으로 만들라고 궁효에게 지시를 내렸으므로 지금쯤 그녀는 완벽하게 해룡방의 소방주가 되어 있을 것이다.

그렇지만 원래 세상일이란 한 치 앞을 알 수가 없는 것이다. 도무탄과 녹상이 뭔가 실수를 했을 수도 있고, 십팔복호호법이 전혀 생각하지 못했던 곳에서 단서를 찾아낼 수도 있는 일이다.

게다가 또 천상옥화라는 변수가 있다. 도무탄이 그녀의 별호와 이름을 알고 있듯이, 그녀도 도무탄에 대해서 알고 있거나 모른다고 해도 곧 알게 될 것이다. 그리되면 그녀는 복수를 한답시고 곧장 해룡방이나 천보궁에 찾아가서 들쑤실 수도 있다.

그런 상황에서 도무탄이 거처를 천보궁으로 옮기면 십팔복호호법이든 천상옥화든 당당하게 대하겠다는 뜻이고, 이곳에 있거나 다른 은밀한 장소로 옮긴다면 아직은 몸을 사려야 할 때라고 생각한다는 것이다.

선택은 세 가지다. 천보궁으로 가느냐, 이곳에 그냥 있느냐, 아니면 더 깊은 곳으로 들어가느냐다.

궁효가 보낸 서찰에 의하면 지공이라는 소림무승이 독고지연에게 왜 갑자기 태원성을 떠났으며 화산이웅은 어딜 갔느냐고 물었는데 그녀가 사실대로 대답했다고 한다.

사실대로라는 것은 이유야 어찌 됐든지 간에 녹상과 막태가 화산이웅을 죽였으며 도무탄이 천상옥화의 가슴을 때려서 부상을 입혔다는 뜻이다.

그러면 지공은 즉시 녹상에 대해서 조사를 할 테고, 그래서 그녀가 도무탄의 누이동생인 도은상이라는 사실을 알아 낼 것이다.

그런데 이런 시골구석의 일개 소녀가 화산이웅 같은 고수를 죽였으며, 그저 부호이기만 한 도무탄이 천상옥화를 한주먹에 날려 보냈다는 사실은 의심을 사기에 충분하고도 남는다.

특히 도무탄의 주먹을 권혼하고 연관시킬 수도 있다. 그러면 상상의 날개는 끝장으로 치달리게 된다.

일전에 소림무승들은 녹향의 흔적을 잃게 되니까 즉각적으로 태원성에서 힘깨나 쓰는 유지들을 조사했었다.

녹향이 태원성 유지 중 한 명의 도움과 비호를 받고 있을지도 모른다고 의심했기 때문이다.

'여기보다 더 안전한 곳이 어디인가?'

도무탄은 녹상하고 대화를 하고 있으면서도 머릿속으로는 부산하게 이것저것 궁리를 했다.

녹상도 궁효가 보낸 서찰을 읽어봤기 때문에 도무탄과 비슷한 생각을 하고 있었다.

"어디 좋은 데 있어?"

"천화루가 어떨까?"

천화루는 해룡방의 기상단 소유로 태원성에서 가장 크고 유명한 기루다.

태원성 한가운데 위치해 있지만 여러 채의 거대한 건물로 이루어졌기 때문에 은신하려고 마음만 먹으면 거기보다 좋은 곳이 없을 것이다.

"됐어. 거긴 절대 안 돼."

그런데 녹상이 냉정한 얼굴로 딱 잘라서 반대했다.

"거기 가면 맛있는 요리도 많이 먹을 수 있다."

"보화 언니가 해주는 요리가 훨씬 더 맛있어. 어쨌든 천화루는 절대로 안 돼."

도무탄은 녹상이 어째서 결사적으로 반대하는지 이유를 모르고 어리둥절했다.

"상아, 왜 그러는 게냐?"

소진이 배시시 미소 지으며 참견했다.

"상 언니는 기방주님 때문에 그러는 거예요."

"기방주? 매선 누나 말이냐?"

녹상이 깜짝 놀라는데 소진은 그녀가 말릴 새도 없이 말해버렸다.

"지난번에 오라버니께서 기방주님과 함께 주무실 때 상 언니는 밤새 한숨도 못 잤어요."

"내가 매선 누나하고 자는데 상아가 왜 잠을 못 자?"

"그건 상 언니가 오라버니를… 읍!"

녹상이 갑자기 입을 틀어막는 바람에 밥을 먹으면서 말하던 소진은 젓가락에 목구멍을 찔리고 말았다.

소진이 죽는다면서 눈을 허옇게 뜨고 팔다리를 파닥거리는데도 입을 막고 있는 녹상은 지엄한 표정으로 끄떡도 하지 않았다.

"그 문제는 좀 더 생각해 봐야겠다."

도무탄은 은신처로 삼을 곳을 조금 더 생각해 보고 정하기로 했다.

"상아, 네 이름은 당분간 도은상으로 정했다."

영리한 녹상은 도무탄이 갑자기 그녀의 이름을 도무탄과 같은 성인 '도' 씨로 바꿨다는 말을 듣고 뭔가 짚히는 것이 있었다.

"지금부터 너는 실제로 내 누이동생이 됐다."

도무탄의 짧은 설명에 녹상은 그가 좀 더 완벽하게 자신을 보호하려 한다는 사실을 깨달았다.

이 새로운 결정에 그녀는 두 가지 미묘한 마음의 변화를 느꼈다.

하나는 도무탄이 끝까지 그녀를 누이동생으로만 여긴다는 사실이고, 또 하나는 그가 그녀를 보호하려고 사력을 다하고 있다는 사실이다.

"사야, 네가 오빠하고 일대일로 겨뤄봐라."

대전에서 네 명이 한 덩이가 되어 뒤엉켜서 수련을 하다가 녹상이 막사에게 지시했다.

"에엣?"

그런데 어인 일인지 막사는 소스라치게 놀라면서 얼굴빛이 새하얗게 변했다.

"저… 전 못해요."

"왜 못해?"

"저는……."

막사는 대답을 하지 못하고 머뭇거렸다.

도무탄과 녹상은 막사가 어째서 한사코 겨룰 수 없다고 하는 것인지 이해할 수 없다는 표정을 지었다.

"제가 대형과 겨루면 안 되겠습니까?"

막사가 어째서 이렇게 전전긍긍하는지 짐작하는 오빠 막야가 조심스럽게 나섰다.

사실 막사는 두 가지 상반되는 극단적인 성격을 지니고 있다.

하나는 숫기가 없으며 지나칠 정도로 부끄러움을 많이 타고 아울러 과묵하다는 것이다.

그리고 또 하나는 저돌적이고 잔인하며 진저리가 쳐지도록 끈질기다는 점이다.

어떻게 그렇게 극단적으로 상이(相異)한 성격을 한 몸에 지니고 있을 수 있는지 오빠인 막야조차도 때로는 신기하게 여길 정도다.

그렇지만 막사는 어느 누구에게나 다 부끄러움을 느끼는

것은 아니다.

지금 같은 경우에는 도무탄 앞에서는 시선을 마주치기는 커녕 고개조차 들지 못한다.

그녀가 도무탄을 좋아하고 연모하기 때문이 아니다. 단지 상대가 좋은 사람이라고 여기면 그렇게 되는 것 같다. 사실 그녀가 왜 그런지는 막야도 정확하게 모르고 단지 짐작만 할 뿐이다.

"안 돼."

막야가 나서자 녹상이 제동을 걸었다.

"사야가 해야 돼."

녹상이 완고한 데에는 그럴 만한 이유가 있다. 막야와 막사는 실력이 비슷한 수준인데, 녹상이 보기에 막사가 좀 더 부드럽게 도무탄을 대할 것 같아서다.

당연한 일이지만 여기에 있는 네 사람 중에서 도무탄의 실력이 제일 하수다.

그렇기 때문에 그와 겨루는 사람은 상대적으로 부드럽게 대해야만 한다. 거기에 막사가 적격이라고 녹상은 생각하는 것이다.

대전에서 도무탄은 막사와 녹상은 막야와 일대일로 무공 수련을 하게 되었다.

막사가 말은 그렇게 했지만 실제 대결에 들어가면 달라질 것이라고 도무탄과 녹상은 생각했다.

하지만 두 사람의 예상이 빗나가기까지는 그리 오래 걸리지 않았다.

대결이 시작되자 막사는 공격할 생각은 하지 않고 엉거주춤 서 있다가 도무탄이 공격을 해오니까 화들짝 놀라면서 주춤거리며 물러서기 바빴다.

도무탄 딴에는 부지런히 비류보를 밟으면서 천신권격의 천쇄와 신절을 적절하게 배합했으며, 권혼력을 주입한 오른 주먹뿐만 아니라 전혀 위력이 없는 왼 주먹과 두 다리로도 신랄하게 공격을 퍼부었다.

그의 공격은 천신권격을 처음 수련했을 때하고는 달리 매우 빠르고 날카로워졌다.

처음에는 오른 주먹만 연마해서 뒤뚱거리는 동작이었는데 이제는 왼 주먹과 두 다리까지 멋진 조화를 이루어서 매우 안정적으로 보였다.

휘이잉!

또한 오른 주먹을 휘두를 때에는 허공을 가르는 파공음이 섬뜩할 정도다.

스사사사—

그러나 막사는 한 번도 정면으로 부딪치지 않고 보법을 밟으면서 계속 물러나기만 했다.

그녀의 오른손에 쥐어져 있는 곤음도는 한 번도 휘둘러지지 않았다.

도무탄은 그녀를 꾸짖는 대신에 나름대로 작전을 세웠다. 그녀를 궁지로 몰아넣어서 어쩔 수 없이 공격하게 만들려는 것이다.

무술이란 공수(攻守)가 적절하게 조화를 이루어야지 수세만 자꾸 취하다 보면 악순환에 빠지고 만다.

똑같은 공격에도 처음에는 한 걸음만 물러서면 피할 수 있었지만, 수세가 계속되다 보면 나중에는 세 걸음 네 걸음을 물러나야지만 피할 수 있게 된다.

발걸음이 한 걸음에서 서너 걸음으로 많아지는 만큼 몸동작 역시 커지고 부산해진다.

처음에는 상대의 공격을 슬쩍슬쩍 어깨만 비틀어서도 피할 수 있었지만, 자꾸만 뒤로 물러나다 보면 동작이 커져서 허리를 크게 굽히고 상체를 젖히거나 심하면 바닥에 뒹굴어야 하는 상황까지 초래된다.

막사는 도무탄보다 훨씬 고강하지만 그를 공격하기는커녕 그가 다칠까 봐 노심초사하고 있는 상황이다.

그녀가 도무탄과 대결하지 않으려는 이유는 간단하다. 그녀는 도무탄을 매우 존경하고 우상처럼 떠받들게 되었는데 감히 그를 공격할 수 없기 때문이다.

막사는 계속 피하면서 물러나기만 하다 보니까 그리 오래지 않아서 도무탄이 바라는 궁지에 몰리고 말았다.

대전의 구석에 몰려서 더 이상 물러나지 못하는 상황에 처한 것이다.

위이잉!

도무탄의 권혼력이 가득 실린 오른 주먹이 막사의 얼굴을 향해 무지막지하게 곧장 날아들면서 허공을 가르는 파공음이 흘렀다.

그는 극한 상황에 처하게 되면 막사가 반격을 할 것이라고 예상하여 주먹을 날리면서도 경계를 늦추지 않았다.

그러면서 그녀가 날아오는 주먹을 그대로 맞을 것이라는 생각은 전혀 하지 않았다.

그런데 이상했다. 완전히 구석으로 몰린 막사는 원래 커다란 눈을 더욱 크게 뜨고 도무탄을 바라볼 뿐이지 그 자리에서 꼼짝도 하지 않았다.

도무탄이 순간적으로 느낀 것이지만 막사의 얼굴에는 두려움이나 다급함 같은 것이 추호도 없었다.

있다면 수줍어하는 붉은 홍조가 두 뺨에 노을처럼 깔려 있을 뿐이다.

주먹이 자신의 얼굴로 쏘아오고 있는데 수줍어하고 있다

니, 그 순간 도무탄은 그녀가 절대로 반격하지 않을 것이라는 사실을 깨달았다.

빠걱!

마지막 순간에 도무탄은 급히 주먹을 비틀어 막사의 귓전을 스쳐 벽을 쳤다.

오른 주먹이 팔꿈치까지 돌로 쌓은 벽 속으로 푹 파묻히고 그 바람에 그는 몸으로 막사를 힘껏 밀어붙이는 상황이 돼버렸다.

"흐윽!"

막사는 벽에 심하게 짓눌리면서 나직한 신음 소리를 냈을 뿐 가만히 있었다.

도무탄은 가슴밖에 오지 않는 그녀의 정수리를 내려다보며 걱정스럽게 물었다.

"다치지 않았느냐?"

막사는 꼼지락거리면서 겨우 고개를 들어 그를 올려다보며 눈을 깜빡거렸다.

말은 하지 않았지만 눈을 깜빡거리는 것이 괜찮다는 뜻으로 받아들여졌다.

도무탄에게 몸의 앞면이 빈틈없이 밀착되어 있는 막사는 얼굴이 새빨개져서 어쩔 줄을 몰랐다.

도무탄은 어찌 된 영문인지는 모르지만 막사가 자신을 상대로는 절대로 공격을 하지 않을 것이라는 사실만은 분명히 알게 되었다.

부득…….

그는 돌에 박힌 팔을 뽑으면서 뒤로 물러서며 막야를 뒤돌아보았다.

"야야. 네가 나를 상대해 줘야겠다."

해시(밤 10시경) 무렵에 궁효가 서림장에 왔다.

도무탄은 막야와 일대일 대결로 무공수련을 하다가 멈추고 궁효에게 다가갔다.

"이것이 완성되었기에 가져왔습니다."

궁효는 작은 나무상자 하나를 탁자에 내려놓았다.

슥—

도무탄이 열어보니까 그가 광숙에게 만들어달라고 부탁했던 물건이 들어 있다.

"이렇게 빨리 되었느냐?"

"광숙 말로는 제가 쇄명강과 설계도를 갖다 주고 나서 두 시진 후에 완성되었다고 하더군요."

"하하! 과연 광숙이로군."

도무탄은 껄껄 유쾌하게 웃었다. 그는 무기력한 왼 주먹과 두 다리를 보강하기 위해서 특단의 조치를 발휘했다.

즉, 예전에 구입해 둔 적이 있는 쇄명강이라는 특수한 재질의 쇠를 왼 주먹과 두 발에 착용하는 것이다.

그걸 위해서 그는 틈틈이 설계를 했으며 완성된 설계도와 쇄명강을 광숙에게 보냈던 것이다.

궁효가 상자에서 은색의 장갑 한 짝과 역시 은색의 포말(布襪:버선) 한 쌍을 꺼냈다.

"착용해 보십시오."

녹상은 도무탄 옆에 앉았고 막야와 막사는 주위에 서서 지켜보았다.

도무탄은 궁효가 시키는 대로 왼손에 팔목까지 오는 은색 장갑을 꼈으며 양쪽 발에는 맨발에 역시 은색의 발목 위까지 오는 포말을 신었다.

장갑과 포말은 품이 넉넉하지 않고 손과 발에 딱 들어맞았다. 설계도가 정확했다.

만약 장갑과 포말이 헐거워서 손과 발에 딱 들어맞지 않는다면 공격을 할 때에도, 그리고 착용만 하고 있을 때에도 손발이 까지거나 다치게 될 것이다.

척—

도무탄은 왼손 손등을 위로 한 상태에서 손바닥을 쫙 펼쳐 보았다.

별로 특이한 것은 없는 것 같았다. 다만 은색이라는 것과 비단보다는 조금 두꺼운 듯한 옷감으로 만든 손에 딱 맞는 장갑 같았다.

북쪽의 끝 서백리(西伯利:시베리아) 빙산지대에는 간혹 쇄암(碎巖)이라는 흑암색의 괴상한 바위가 눈에 띈다.

그곳 원주민들은 그 바위를 잘게 부수어 고열에 녹여서 가느다란 실(絲)을 뽑아내는데 그것을 쇄명강이라고 한다. 일종의 쇠실, 즉 강사(鋼絲)다.

그래서 그것으로 옷을 지어 입으면 중원의 북쪽지방보다 수십 배나 더 추운 서백리의 강추위를 끄떡없이 견딜 수 있으며, 더러는 칼이나 창을 만들어 사용하는데 두꺼운 얼음은 물론 바위까지도 부수고 뚫는다고 한다.

그렇지만 쇄암 만 근을 녹여야 겨우 반 푼(分)의 쇄명강을 얻을 수 있을 만큼 추출하는 과정이 어려울뿐더러 쇄암을 찾아내는 일도 쉽지 않다고 한다.

지금처럼 쇄명강으로 장갑이나 포말을 만들어 착용하여 그것으로 권법을 발휘한다면 강철로 이루어진 손이나 발로 때리고 차는 것보다 몇 배 강력한 위력을 발휘할 것이다.

스슥—

"괜찮군."

도무탄은 왼손을 이리저리 살펴보면서 만족한 듯 고개를 끄떡였다.

"오빠, 그게 뭐야?"

"뭐냐고?"

슉—

도무탄이 말과 함께 왼손 손바닥을 쭉 펴서 번개같이 녹상의 얼굴을 찔러갔다.

녹상은 놀라지도 않고 앉은 자세에서 고개만 살짝 틀어서 피하며 도무탄의 손이 귓전을 스치게 했다.

팍!

그런데 귓전을 스친 도무탄의 빳빳하게 세운 손가락, 즉 수도(手刀)가 돌벽을 뚫고 손가락 절반쯤 박혀 버렸다.

"뭐야 이거?"

녹상은 뒤돌아보고 놀라서 눈을 동그랗게 떴다.

슥—

"쇄명강이라는 서백리에서 나는 특수한 쇠로 만든 것이다."

"쇄명강? 하여튼 별걸 다 갖고 있군 그래?"

녹상은 혀를 내두르면서 돌벽에서 뺀 도무탄의 왼손을 만져보다가 신기하다는 표정을 지었다.

"겉보기에도 촉감으로도 그냥 비단 같은데 이게 돌벽을 뚫었다는 거야?"

"그게 쇄명강이다."

"그래서 이건 얼마 주고 샀어?"

녹상은 도무탄이 직접 이 물건을 구했을 가능성은 일 푼어치도 없다고 믿었다. 그녀가 아는 도무탄은 뭐든지 돈으로 해결하는 사람이다.

"열 근에 십만 냥."

"금화로?"

"그래."

녹상은 눈을 세모꼴로 만들었다.

"아주 돈을 뿌리고 다니는구나, 뿌려. 오빠가 그렇게 돈이 많으셔?"

도무탄은 태연하게 설명했다.

"너 해룡방에서 모든 경비를 다 제하고 매일 최종적으로 내게 입금하는 순수익 금액이 얼마인지 아느냐?"

"얼만데?"

"은자 오백만 냥이다."

녹상과 막야, 막사는 기가 질린 듯한 표정을 지었다.

"그 돈을 쓰지 않고 계속 쌓아둘 경우에 열흘이면 오천만 냥이 되고 백 일이면 오억 냥, 일 년이면 십팔억 냥이나 돼버린다."

"……."

궁효는 빙그레 미소 짓는데 녹상과 막야, 막사는 너무 놀라서 눈만 껌뻑거렸다.

"그렇다고 힘들게 번 돈을 거리에 나가서 마구 뿌릴 수는 없지 않겠느냐? 그래서 진귀한 물건들을 이것저것 사들이느라 애썼는데도 그게 쉬운 일이 아니더군."

"시끄러!"

녹상은 신경질적으로 빽 소리쳤다.

그녀는 도무탄이 거금 은자 일억 냥이나 주고 산 오룡검을 자신에게 선뜻 준 것 때문에 크게 감격하여 앞으로는 도무탄 곁에 머물면서 아무런 대가도 없이 목숨을 바쳐서 그를 돕겠다는 중대한 결심을 한 적이 있었다.

그랬었는데 이제 보니까 도무탄에게는 은자 일억 냥이 그다지 큰 액수가 아닌 것 같다는 사실을 새삼스럽게 알게 되니까 자기가 괜히 쓸데없이 감격해서 혼자 울고 웃었던 것 때문에 속이 상한 것이다.

도무탄은 의아한 표정을 지었다.

"왜 그러느냐?"

"그만 좀 떠들……."

녹상은 한 대 때릴 것 같은 기세로 고함을 바락 지르려다가 갑자기 안색이 확 변했다.

누군가 고수가 대전 입구로 빠르게 접근하고 있는 기척을 감지한 것이다.

도무탄과 궁효, 막야, 막사 모두 녹상의 표정이 확 굳어지면서 대전 입구를 쏘아보는 것을 발견하는 순간 누군가 접근하고 있다는 사실을 동시에 깨달았다.

하지만 녹상이 도무탄이나 모두에게 어떤 주의를 주기도 전에 대전 입구에 두 사람이 나타나 안으로 걸어 들어왔다.

저벅저벅…….

그들은 대전 입구까지는 기척을 감추고 접근했지만 일단 대전 안으로 들어서자 일부러 발걸음 소리를 냈다.

도무탄은 대전 안으로 나란히 걸어 들어오고 있는 두 사람 중에 한 명이 지난번 진권문에 방현립을 죽이러 갔을 때 봤던 젊은 소림무승이라는 사실을 한눈에 알아보고 움찔 표정이 굳어졌다.

우려하던 일이 드디어 현실로 드러났다. 소림무승이 무엇 때문에 서림장까지 들이닥쳤는지는 모르지만 그들은 뭔가 단서를 잡은 것이 분명했다.

소림무승, 즉 십팔복호호법들의 목적은 오직 단 하나 녹향을 잡는 것이므로 만약 그들이 단서를 잡았다면 녹상에 대한 것이다.

그렇지만 현재 소녀의 모습을 하고 있는 녹상이 녹향이라거나 아니면 녹향의 딸이라고 정확하게 알고 찾아온 것은 아닐 것이다.

두 명의 소림무승은 당당하지만 절도 있게 그리고 진중한 모습이다.

도무탄은 녹상의 얼굴이 돌덩이처럼 굳어 있는 것을 보고는 슬쩍 손을 뻗어 그녀의 허벅지에 얹었다.

"……!"

녹상은 그의 손이 닿자 깜짝 놀라더니 그의 의도를 알아차리고 곧 표정을 풀었다.

도무탄은 쇄명강 포말을 신느라 벗었던 신발을 느긋하게 신고 나서 자리에서 일어나 걸어오는 소림무승을 향해 마주 걸어갔다.

저벅저벅…….

아홉 살 어린 나이에 혈혈단신 태원성에 도착하여 숱한 역경을 헤치면서 오늘날의 해룡방을 이룩할 정도라면, 다른 것은 몰라도 도무탄의 배포나 간담이 남들과 다르다는 것쯤은 알아줘야만 한다.

천천히 걸어가는 도무탄의 좌우에서 녹상과 해룡야사, 궁효가 따랐다.

녹상과 해룡야사, 궁효는 조무래기들처럼 시끄럽게 떠들지 않고 침묵을 지켰다.

그들은 도무탄이 명령하기 전에는 아무런 행동도 취하지 않을 것이다.

도무탄은 점점 가까이 다가오는 두 명의 소림무승 중에 나머지 한 명도 낯이 익다는 사실을 깨달았다.

꽤 오래전에 그와 녹상, 소진이 난촌 서림장으로 거처를 옮기려고 마차를 타고 관도를 갈 때 소림무승들이 불시에 검문을 했던 적이 있었다.

그래서 도무탄과 녹상은 검문을 피하기 위해서 머리를 짜내다가 궁여지책으로 마차 안에서 옷을 벗고 정사를 벌이는 체했었다.

그때 마차 문을 열고 두 사람의 정사 장면을 목격하고 적잖이 당황했었던 사람이 바로 여기에 온 두 소림무승 중에 한 명인 지공이었다.

도무탄은 그를 알아보았으나 짐짓 모른 체했다. 만약 지공이 그날 마차 안에서 그런 추잡한 짓을 하고 있었던 사람이 여기에 있는 도무탄과 녹상이라는 사실을 알게 돼서 좋을 일은 없을 것이기 때문이다.

그러나 가만히 생각해 보면 그다지 나쁜 일도 없을 것 같다. 다만 창피하다는 것을 제외하면 말이다.

이윽고 양쪽은 누가 그러자고 한 것도 아닌데 거리가 다섯 걸음쯤으로 좁혀졌을 때 걸음을 멈추었다.

두 명의 소림무승은 도무탄과 녹상 등을 재빨리 그리고 날카롭게 살폈다.

도무탄은 담담한 표정으로 입을 열었다.

"두 분 불사(佛師)께서 무슨 일이시오?"

소림무승 중 한 명이 오른손을 세워 예를 취하며 정중하게 말했다.

"아미타불… 긴히 물어볼 말이 있어서 늦은 시각에 실례를 하였소."

"두 분 불사는 누구시오?"

"빈승들은 소림사의 승려로서 빈승은 지공이라 하고 이 사람은 사제인 정공이오."

도무탄과 녹상은 자신들이 진권문 방현립의 거처에서 봤던 승려가 정공이라는 사실을 알게 되었다.

그리고 도무탄과 녹상이 마차 안에서 정사를 하는 장면을 봤던 승려가 지공이다.

"그런데 물어볼 말이 무엇이오?"

도무탄의 말에 지공이 대답을 하려고 하는데 대전 입구에서 조용하지만 낭랑한 목소리가 들렸다.

"그전에 우리가 먼저 실례 좀 하겠소."

第二十章

멋진 친구

대전 입구로 천천히 걸어 들어오는 사람은 놀랍게도 젊고 멋들어진 일남일녀다.

남자는 키가 크고 후리후리한 체격에 어깨에는 검 한 자루를 메었으며, 여자는 비단 운금상을 입고 긴 치마를 바닥에 끌면서 우아하게 걸음을 옮기는데 엷은 면사로 얼굴을 가린 모습이다.

궁효는 일남일녀를 보는 순간 눈에 띄게 움찔 몸을 떨었다.

'무적검룡! 천상옥화!'

그는 아까 낮에 태원성 산예문에 있다가 무적검룡과 천상옥화의 방문을 받았었다.

그때 무적검룡은 홍염도에 대해서 물었으며 궁효는 모른다고 대답했었다.

그러나 사실 궁효가 무적검룡을 돕고 싶다는 마음이 조금이라도 있었다면 홍염도가 어디에 있는지 금세 알아낼 수 있었을 것이다. 그래도 산예문은 명색이 태원성 제일의 하오문이지 않은가.

궁효는 무적검룡과 천상옥화가 떠난 직후에 도무탄에게 두 사람에 대한 서찰을 적어 전서구를 날렸던 것이다.

궁효는 두 사람이 누구라는 것을 도무탄에게 알려주고 싶었으나 전음입밀의 수법을 모르고 지금 상황에서 달리 알려줄 방법이 없다.

녹상은 새로 나타난 일남일녀가 누군지 알지 못했으나 불안감이 가중되었다.

원래 선한 사람은 찾아오지 않는 법이니 필경 저들도 시비를 걸러 온 것이 분명하기 때문이다.

지공과 정공은 원래 수양이 깊지만 무적검룡과 천상옥화가 나타날 줄은 몰랐었고, 또 그들이 자신들을 미행했을 것이라는 생각에 적잖이 당황하고 또 불쾌했다.

소연풍과 독고지연이 가까이 다가와 멈추기를 기다렸다가 지공이 조용하게 물었다.

"아미타불… 두 분 시주는 빈승들을 미행한 것이오?"

소연풍은 서슴없이 고개를 끄떡였다.

"그렇소."

"대명이 쟁쟁한 무적검룡 소연풍 시주께서 미행이라니 비열하다고 생각하지 않으시오?"

정공이 울분을 섞어 다소 꾸짖듯이 내뱉자 옆에 서 있는 지공이 깜짝 놀라 몸을 흠칫 떨었다.

'무적검룡!'

도무탄과 녹상은 크게 놀랐다. 도무탄은 표정이 가볍게 변했을 뿐이지만, 녹상은 몸이 움찔 흔들리면서 자신도 모르게 입을 크게 벌렸다.

방갓을 쓴 사내가 무적검룡이라면 면사를 쓴 여자는 천상옥화라는 얘기다.

소림무승들만으로도 골치가 아픈 상황인데 천상옥화까지 나타났으니 그야말로 엎친 데 덮친 격이다.

그런데 아니나 다를까 무적검룡 소연풍의 방갓 아래에서 번갯불 같은 안광이 무섭게 폭사되었다.

"방금 나더러 비열하다고 했느냐?"

얼음처럼 차디차거나 분노하는 목소리가 아닌 조용한 어투지만 지공과 정공은 흠칫 눈에 띄게 몸을 떨었다.

지공은 즉시 오른손을 세우고 고개를 숙였다.

"아미타불… 소연풍 시주, 실언을 했으니 용서하시오."

"왜 네가 사과하느냐?"

여태까지 예의를 갖추었던 소연풍이지만 정공의 도전적인 말투에 기분이 상해서 지금은 거침이 없다.

설혹 상대가 소림사 장문인이라고 해도 기세를 늦추지 않을 것 같았다.

"정공 사제, 어서 사과하게."

지공은 급히 정공에게 종용했다. 그가 이러는 것은 비굴해서가 아니다.

순간적인 실언 한마디 때문에 대사를 그르치게 될까 봐 그러는 것이다.

그 사실을 능히 짐작하는 정공은 자신이 순간적으로 화를 참지 못해서 이런 일이 벌어진 것에 대해 크게 뉘우치면서 소연풍에게 깊숙이 허리를 굽혔다.

"용서하시오, 소 시주. 빈승이 수양이 얕아서 결례를 범했소이다."

"한 번 내뱉은 말이란 결코 주워 담을 수 없는 법."

그러나 소연풍은 서릿발 같은 기세를 가라앉히려고 하지 않았다.

지공은 머리를 썼다. 그는 독고지연의 힘을 빌리려 했다.

"독고 여시주, 빈승들은 기다렸다가 나중에 볼일을 볼 테니까 독고 여시주 먼저 일을 보시오."

지공이 고개를 깊이 숙이며 크게 양보하자 독고지연은 한껏 도도해져서 자비심이 샘솟았다.

그녀는 두 팔로 살며시 소연풍의 팔을 안으며 감미로운 옥음을 흘려냈다.

"풍 가가, 우리 이곳의 일을 빨리 끝내고 경치 좋은 곳으로 구경하러 가요."

소연풍은 독고지연이 처음으로 '가가' 라는 호칭을 쓰고 또 그녀가 두 팔로 자신의 팔을 안으면서 풍만한 가슴으로 지그시 팔을 누르자 마냥 좋아서 껄껄 웃었다.

"어… 핫핫핫! 그럽시다! 연 매 ! 하하하!"

소연풍이 당장에라도 정공을 죽일 것 같았던 분위기는 독고지연의 말 한마디에 눈 녹듯이 사라졌다. 과연 여자의 힘은 위대했다.

슥—

소연풍의 팔을 놓은 독고지연은 얼굴을 가렸던 면사를 걷어내면서 천천히 도무탄과 녹상 앞으로 다가와 멈추고는 싸늘한 목소리를 흘렸다.

"너, 나를 기억하고 있겠지?"

그녀는 도무탄을 쏘아보면서 야릇한 미소를 지었다. 만약 고양이가 표정을 지을 수 있다면 궁지에 몰린 쥐를 보면서 이런 미소를 지었을 터이다.

도무탄은 앞문에서는 거대한 호랑이가 버티고 있으며 뒷문으로는 사나운 늑대가 들이닥치고 있는 전문거호후문진랑(前門巨虎後門進狼)의 위급한 상황에서 벗어나기 위해서는 갖은 방법을 다 동원해야 한다고 생각했다.

일단 그는 강하게 나가기로 했다. 어차피 힘으로 안 되는 것, 무적검룡이라는 자의 인간성이 어떨지 그걸 믿고 밀어붙일 수밖에 없다.

"하하하! 당연히 기억하고 있다! 어찌 너처럼 후안무치한 계집년을 잊었겠느냐?"

"계… 집년?"

녹상과 궁효 등은 도무탄의 난데없는 발호에 깜짝 놀랐다. 그것은 차라리 객기라고 해야 옳았다.

그러나 녹상은 곧 흐릿한 미소를 지었다.

'과연 도무탄! 배포 하나는 천하제일이로구나!'

그녀는 도무탄에게 주둥이로만 오빠오빠 하면서 속으로는 그렇게 생각하지 않는 게 분명했다.

추호도 예상하지 못했던 도무탄의 반응에 독고지연은 어이가 없다 못해서 기가 막히는 심정이라서 말도 제대로 나오지 않았다.

"지… 지금… 너 제정신이냐?"

"네년 오른쪽 콧구멍에 코털 하나가 삐져나온 게 똑똑히 보일 정도로 제정신이다."

"……."

독고지연은 말문이 막혔다. 그리고 얼른 반사적으로 손을 코로 가져가서 오른쪽 콧구멍을 점검해 보았다.

소연풍 앞에서 콧구멍으로 코털이 삐져나오다니, 만약 그가 그걸 봤다면 그녀를 얼마나 칠칠치 못한 여자라고 생각했겠는가. 그녀는 도무탄의 말을 순간적으로 철석같이 믿은 게 분명했다.

그러나 당황한 나머지 손가락 끝에 코털이 느껴지는 것 같기도 하고 아닌 것 같기도 했다.

"푸핫핫핫핫!"

순간 녹상이 터져 나오는 웃음을 참지 못하고 배를 움켜잡으며 파안대소했다.

"아하하하핫! 아이고 배 아파 죽겠다! 코털이라니, 왜 하필이면 코털이야?"

도무탄은 녹상을 보며 히죽 웃었다.

"웃기냐?"

"아유! 그만해! 까르르르!"

녹상은 얼굴이 새빨개져서 발을 동동 구르며 웃었다.

지금 상황에서는 절대 힘으로 빠져나갈 수 없다고 판단한 도무탄은 꾀를 짜내기로 했다.

아직은 딱히 무슨 방법을 써야겠다고 정하지 못했지만 좌충우돌 부딪치다 보면 희미하게나마 길이 트일 것이고, 그럼 그 길로 뚫고 나가리라 마음먹었다.

잠시 코털을 검사하던 독고지연은 문득 지금 그게 중요한 게 아니라는 사실을 깨닫고 분기탱천하여 곧장 도무탄의 가슴을 향해 맹렬한 일장을 쳐나갔다.

"이놈! 죽어라!"

"멈추시오!"

그러나 지공이 근엄하게 외치면서 즉시 독고지연 앞을 가로막았다.

만약 그녀가 급히 손을 거두지 않는다면 지공도 일장을 발출할 것이고 두 사람이 격돌하여 둘 중 하나는 낭패를 당할 터이다.

독고지연은 즉시 손을 거두고 날카롭게 외쳤다.

"무슨 짓이냐? 네가 대신 죽고 싶으냐?"

"독고 여시주, 빈승들도 이분들 시주에게 묻고 싶은 것이 있는데도 불구하고 여시주에게 순서를 양보했다는 사실을 잊지 말아주시오."

"그런 것은 알 바 아니다! 비켜라!"

독고지연은 분노하여 눈에 보이는 것이 없었다.

"쯧쯧쯧… 네년은 그때나 지금이나 똑같구나. 너는 무슨 일이 생기면 무조건 사람을 죽이고 보는 것이냐?"

그때 기회를 잡은 도무탄이 끌끌 혀를 찼다. 그러더니 소연풍이 들으라는 듯 약간 과장된 몸짓을 취했다.

"사랑하는 여자하고 정사를 하는 것이 죽을죄라면 도대체 세상천지에 살아남을 사람이 몇이나 되겠소?"

소연풍은 어이없는 표정을 짓더니 지나가는 말처럼 도무탄에게 물었다.

"그게 무슨 소리요?"

"내 말 들어보시오. 나는 한 보름쯤 전에 사랑하는 여자하고 마차를 타고 어딜 가는 중에 갑자기 욕정이 끓어오르는 것을 참지 못하고 마차 안에서 한바탕 정사를 벌이게 되었소이다."

그의 동작이 조금 더 커졌고 목소리는 더욱 커졌다. 세상에 자신의 정사를 이처럼 큰 소리로 떠벌리는 사람은 흔하지 않을 것이다.

"그런데 한창 운우지락이 무르익고 있는데 갑자기 누가 마차 문을 벌컥 여는 것이 아니겠소? 당연히 우리는 깜짝 놀라서 벗은 몸을 가리느라 급급했는데 그 문을 연 사람이 저 여자였소."

그가 자신을 가리키자 독고지연은 발끈했다.

"내가 아니라 화산일웅이었다."

"어쨌든 우리가 정사하는 것을 보더니 '저 연놈들을 죽여요' 라고 명령한 것은 네년이었다."

"……."

독고지연은 이번에도 말문이 콱 막혔다.

탁탁탁…….

도무탄은 억울하다는 듯이 주먹으로 손바닥을 치면서 소연풍에게 항변했다.

"이것 보시오 형씨, 아니, 세상천지에 사랑하는 여자하고 정사한 게 죽을죄요?"

"내가 보기에 추악했다."

독고지연은 작게 항변했다.

"누가 너더러 보라고 했느냐? 내가 문을 열어주든? 너희가 문을 열고 들여다보더니 왜 엄한 사람들을 죽이라고 하는 것이냐?"

"그것은……."

"그리고 아니, 세상천지에 정사를 아름답게 하는 남녀가 어디에 있느냐? 젖퉁이랑 음경 맛있다고 냅다 쪽쪽 빨아대면서 옥문에 음경 꽂고 딥다 허리 흔들며 쑤석거리면서 아아! 오오! 신음 내뱉고 교성 지르는 게 아름다우면 얼마나 아름답겠느냐? 그건 그 짓을 하는 당사자 빼고 어느 누구라도 보면

추할 것 아니겠느냐?"

죽이겠다고 서슬이 퍼렇던 독고지연은 도무탄이 조목조목 따지자 말을 못하고 소연풍의 눈치를 살폈다.

도무탄은 지공과 정공에게 물었다.

"두 분 불사께선 불가에 계시니까 한 번 말씀해 주시오. 그거 우리가 죽을죄를 저지른 것이오?"

지공은 씁쓸한 표정을 짓더니 이윽고 입을 열었다.

"독고 여시주께서 그 광경을 보시기 전인지 후인지는 모르겠으나 사실은 빈승도 그 똑같은 광경을 목격했었던 것 같소이다."

지공을 끌어들이려는 도무탄의 영특한 작전이 먹혔다.

"그 당시에 빈승은 크게 놀라서 급히 마차 문을 닫고 그 자리를 떠났었소."

탁—

"그렇지요! 보통 그렇게 하는 게 정상적인 사람의 반응이 아니겠소?"

도무탄은 주먹으로 손바닥을 세게 치고는 지공에게 다시 주문했다.

"아니, 그게 아니라 정사한 게 죽을죄인지 아닌지 말씀해 주시오."

"죄가 아니오. 오히려 사랑하는 남녀의 음양화합은 축복을 받아 마땅한 일이오."

도무탄은 그것 보라는 듯이 독고지연에게 손가락질을 하며 대들었다.

"거봐라. 너 방금 불사의 말씀 똑똑히 들었느냐?"

독고지연은 입이 백 개라도 할 말이 없다. 지금 생각해 보니까 그때 왜 그런 말을 했는지 모를 일이다.

어쩌면 마차 문을 열고 그 광경을 들여다보던 화산이웅의 얼굴에 더러운 욕념이 가득 떠올라 있는 것을 발견했기 때문이었을 것이다.

하지만 그랬다고 해도 그것은 이 일을 해결하는 데 도움이 되지 못한다.

그녀는 그저 이 일 때문에 소연풍이 자신에게 실망을 하지 않을까 그게 걱정일 뿐이다.

도무탄은 어깨를 펴고 추호도 주눅 들지 않은 모습으로 소연풍을 쳐다보았다.

"만약 형씨의 정의로운 판단이 내가 무고하다는 쪽이라면 이쯤에서 이 버릇없는 계집애를 데리고 물러나는 것이 좋을 것 같소만."

도무탄은 소연풍의 영웅심 혹은 의협심에 호소했다. 약자(弱者)는 자신이 약하다는 이유 때문에 자주 소인배가 되기도 하지만, 반대로 강자(强者)는 자신이 강하다는 이유로 대인배가 되기도 한다.

소연풍은 빙그레 엷은 미소를 지으며 고개를 끄떡였다.

"내 생각에도 독고 낭자가 실수를 한 것 같소."

독고지연은 소연풍이 조금 전에는 '연 매'라고 불렀다가 지금은 '독고 낭자'라고 부르는 원인이 지금 이 일 때문일 것이라는 생각에 가슴이 아팠다.

소연풍은 도무탄에게 관심을 보였다. 도무탄의 말재주와 배포, 거침없는 행동 등이 은근히 마음에 들었다.

"형씨는 누구요?"

"도무탄이오."

"그런 이름은 금시초문인데 혹시 별호는 없소?"

"무진장이오."

"무진장……."

지공이 거들었다.

"그분 시주는 태원성 제일갑부인 해룡방주 무진장 도무탄 시주외다."

지공이 거들어주긴 했지만 도무탄은 그가 자신의 신분을 정확하게 알고 찾아왔다는 사실을 알게 되었다.

"오… 그렇소?"

소연풍은 고개를 끄떡였고, 독고지연은 가볍게 놀라는 표정으로 새삼스럽게 도무탄을 쳐다보았다.

그녀는 도무탄이 태원성 제일갑부일 줄은 꿈에도 상상하지 못했었다.

"그런데……."

소연풍이 천천히 도무탄에게 다가왔다.

"그런데 말이오. 귀하가 독고 낭자의 가슴에 가했던 일격은 무슨 수법이었소?"

소연풍은 태원성 최고 갑부가 천상옥화 같은 일류고수의 가슴을 그 정도로 으깨어놓았다는 사실을 이상하게 생각한 것이다.

"수법은 무슨… 그냥 아무렇게나 막 휘두르다가 가슴에 맞췄을 뿐이오."

슥—

소연풍이 도무탄에게 손을 뻗었다.

"실례하겠소."

"엇?"

소연풍이 가볍게 손을 뻗자 일곱 자 정도 떨어져 있던 도무탄의 몸이 쑥 끌려갔다.

척!

공력이 무려 백 년 가까이 되어야 겨우 펼칠 수 있다는 접인신공(接引神功)을 소연풍은 아무렇지도 않게 전개하고 있는 것이다.

소연풍은 도무탄의 왼손 손목을 잡더니 그의 손을 이리저리 살펴보았다.

도무탄의 왼손에는 쇄명강으로 만든 장갑이 끼워져 있으나 소연풍은 무심히 보아 넘겼다.

그러더니 소연풍은 갑자기 도무탄의 손목을 잡고 있는 손에 약간의 공력을 주입했다.

"으윽……."

순간 도무탄은 온몸의 피가 얼굴로 확 몰리는 느낌을 받으면서 오만상을 쓰며 울컥 검붉은 핏덩이를 토했다. 그리고 코에서도 피가 흘러나왔다.

"아… 미안하오."

소연풍은 도무탄의 체내에 공력이 전무하다는 사실을 깨닫고 미안한 표정을 지으며 손을 놓아주었다.

도무탄이 순간적으로 크게 어지러워서 휘청거리자 막야와 막사가 재빨리 양쪽에서 부축했다.

"이놈! 무슨 짓이냐?"

순간 녹상이 벼락같이 발검을 하면서 그대로 곧장 소연풍을 베어갔다.

차앙!

소연풍은 피하지 않고 왼손을 내밀어 손가락으로 검신을 잡으려다가 가볍게 놀라면서 움찔하더니 다음 순간 어느새 녹상의 코앞으로 쇄도하여 그녀의 손목을 쳐서 검을 놓치게 만들었다.

탁—

"앗!"

그의 반응은 실로 절정고수로서 추호도 손색이 없는 깔끔한 것이었다.

그는 처음에 녹상이 그어오는 검을 검지와 중지 두 손가락으로 잡으려고 하다가 그녀의 검이 범상하지 않음을 간파하고 손을 거두었다.

그리고는 피하는 대신 오히려 찰나지간에 녹상에게 부딪쳐가서 그녀의 손목을 쳐 놓치게 한 검을 어렵지 않게 수중에 넣은 것이다.

그는 수중의 오룡검을 허공으로 쭉 뻗어 오색의 서기가 은은하게 서려 있는 것을 보더니 아연 감탄했다.

"호오… 명검이로군."

그는 쓰고 있는 방갓을 슬쩍 뒤로 젖히면서 오룡검에서 눈을 떼지 못하고 누구에게랄 것 없이 물었다.

"이 검의 이름이 무엇이오?"

막사의 부축을 받고 있으면서 피가 흐르는 입과 코를 손수건으로 닦아주는 그녀의 손을 슬쩍 뿌리치면서 도무탄이 대답했다.

"오룡검이오."

"오오… 이것이 전설의 오룡검. 과연……."

소연풍의 입에서 탄성이 흘러나왔다.

무림인이라면 특히 검을 무기로 삼는 검수라면 꿈속에서라도 갖기를 원한다는 천하명검이 바로 오룡검이다.

그러니 검술의 대가라는 소연풍이 오룡검을 보고 군침을 흘리지 않는다면 이상한 일이다.

도무탄이나 녹상은 일이 이쯤 됐으면 소연풍에게서 오룡검을 돌려받는 것은 틀렸다는 생각이 들었다.

이런 상황에서 오룡검을 돌려줄 사람은 아마도 거의 없다고 봐야 한다.

슥—

"좋은 검이오. 잘 간수하시오."

그런데 모두의 예상을 뒤엎고 소연풍은 아무렇지도 않게 오룡검을 주인인 녹상에게 내밀었다.

그것을 보는 도무탄의 눈이 가볍게 빛났다. 그는 아까부터 소연풍이 마음에 들었는데 방금의 행동을 보고는 더욱 마음에 들었다.

이런 상황에서 전설의 오룡검을 무적검룡처럼 굉장한 인물이 서슴없이 돌려준다는 것은 결코 쉬운 일이 아니다.

그가 가지려고 마음만 먹으면 그것은 여반장(如反掌)과도 같은 일이다.

도무탄은 문득 좋은 생각이 떠올랐다. 성공하면 절정고수에다가 심성까지 강직한 훌륭한 청년을 친구로 얻게 될 것이고, 동시에 두 명의 소림무승도 쫓아버릴 수 있는 기발한 방법이다.

그는 녹상에게 검을 주고 물러나는 소연풍의 눈가에 아주 흐릿하게 아쉬움이 떠올랐다가 사라지는 것을 발견하고 그럼 그렇지. 하는 표정을 지었다.

"천하에 오룡검만큼 좋은 검이 하나 더 있는데 그게 뭔지 아시오?"

소연풍은 고개를 끄떡이며 마치 좋은 술 향기를 맡은 애주가 같은 표정을 지었다.

"칠성검(七星劍)이라고 알고 있소."

"칠성검에 대해서 얼마나 아시오?"

도무탄의 물음에 소연풍은 지금 도취되어 있는 좋은 향기의 술에 대해서 설명하는 것 같은 얼굴이 되었다.

"지금으로부터 천오백여 년 전에 보적선인(普赤仙人)이 천하칠방(天下七方)에서 구한 일곱 가지 재질의 좋은 쇠를 칠 년 동안 두드리며 하늘에서 북두칠성의 기운을 취하여 섞어서 만들었다고 하오. 다른 이름으로는 북두검(北斗劍) 혹은 칠요검(七曜劍)이라고도 하는데, 공력을 주입해서 떨치면 검에서 일곱 줄기 광채가 뿜어진다고 하고, 백 년 이상의 공력을 지닌 사람이 검법을 전개하면 검기가 발출된다는 얘기도 들은 적이 있소."

검 얘기가 나오자 그는 신바람이 난 것 같았다.

독고지연은 소연풍하고 며칠 동안 함께 지냈지만 그가 이렇게 많은 말을 하는 것을 처음 보았다.

도무탄은 그의 검에 대해서 해박한 점도 마음에 들어서 불쑥 말했다.

"내게 칠성검이 있소."

"……."

도무탄의 조용한 말에 소연풍은 어? 하는 표정으로 그를 쳐다보았다.

그러더니 이자가 어째서 그런 말을 나한테 하는 것인가 라는 표정을 지었다.

"정말이오?"

"그렇소."

"보여줄 수 있소?"

도무탄은 고개를 끄떡였다.

"줄 수도 있소."

소연풍은 귀를 의심하는 듯한 표정을 지으며 손가락으로 자신의 코를 가리켰다.

"칠성검을 준다고? 나를?"

"그렇소."

검수치고 검을 준다는데 싫다는 사람은 없다. 더구나 칠성검처럼 값을 매길 수 없는 천하명검이라면 더욱 그렇다. 그런 점에서 소연풍이라고 예외는 아니다.

그는 눈을 반개하고는 팔짱을 끼면서 그윽하게 도무탄을 바라보았다.

"공짜는 아닐 것 같은데……."

"공짜요."

"……."

천하의 무적검룡도 이 대목에서는 그냥 말문이 막혀 버리고 말았다.

세상천지에 칠성검 같은 명검을 공짜로 줄 바보는 없다. 그러므로 소연풍은 도무탄이 반드시 무슨 속셈이 있을 것이라고 확신했다.

그렇지만 오룡검과 더불어서 전설의 천하무쌍검(天下無雙劍)이라고 불리는 칠성검이 도무탄 수중에 있으며, 그에게 어떤 속셈이 있다고 해도 잘하면 칠성검을 얻을 수도 있다는 생각에 소연풍은 꽤 흥분했다.

도무탄은 소연풍을 향해 우뚝 서서 그를 똑바로 주시하며 진지한 표정으로 목소리를 한껏 깔았다.

"나는 형씨가 매우 마음에 드오."

무림을 쥐락펴락하는 소연풍이 지금은 그답지 않게 완전히 도무탄의 분위기에 휩쓸려 버려서 그가 다음에는 무슨 말을 하려는지 적이 긴장된 표정으로 귀를 기울였다.

"내 친구가 되지 않겠소?"

소연풍은 설마 하는 표정을 지었다.

"그게 조건이오?"

도무탄은 고개를 가로저었다.

"조건은 아니지만 형씨의 친구가 되고 싶소."

말은 그렇게 해도 그 말이 그 말이다. 결국 친구가 되어야지만 칠성검을 주겠다는 뜻이다.

소연풍은 입술이 타는 것을 느꼈다. 그러면서 건조한 웃음을 흘렸다.

"하하하! 나도 처음부터 형씨의 친구가 되고 싶었소."

그 말은 어느 정도는 진심이다. 그는 도무탄의 당당한 배포와 무식할 정도의 용맹함, 그리고 거침없는 태도가 마음에 들었다.

그런데 지금은 그런 자신의 내심을 밝히는 시기로서는 좀 이상하다.

사실 그는 천하에도 무림에도 친구가 없다. 엄청 까다롭기 때문이다.

그래서 그에게 친구가 있다는 사실과 그 친구가 누군지 알고 있는 사람은 아무도 없다.

소연풍은 어색하게 웃었다.

"하하하… 그렇지만 지금 내가 형씨의 친구가 된다면 칠성검이 탐나서 그러는 것처럼 보일 수도 있소."

보일 수도 있는 것이 아니라 당연히 그렇게 보일 것이다.

도무탄이 갑자기 당황한 것처럼 두 손을 마구 저었다.

"아니, 이런 건 다 없었던 것으로 합시다."

소연풍의 얼굴이 헝클어졌다. 코앞까지 다가왔던 칠성검이 갑자기 허공으로 사라지는 기분이 들었다.

도무탄은 해탈한 고승 같은 허허로운 표정을 지었다. 그것은 아무나 따라할 수 없는 그만이 지을 수 있는 심오한 표정이다.

"순서가 바뀌었소. 우리가 아무런 사심 없이 친구가 된 후에 내가 친구로서 선의로 형씨에게 칠성검을 선물하면 간단한 일이거늘… 쯧쯧……."

"그… 그렇군."

소연풍도 어색하게 그러나 반갑게 맞장구를 쳤다. 사라졌던 칠성검이 다시 모습을 드러냈다.

녹상이나 궁효 심지어 독고지연까지도 두 멀쩡한 남자의 괴상한 짓거리에 웃음을 참느라고 혀를 깨물고 눈물까지 글썽거리고 있었다.

그렇지만 소연풍을 친구로 만들어서 이 난관을 헤쳐 나가려는 도무탄이나 칠성검에 눈이 먼 소연풍은 오로지 자신들의 목적만 보일 뿐이다.

도무탄이 소연풍에게 진지한 표정으로 요구했다.

"다 잊으시오. 칠성검이고 뭐고."

"잊겠소."

도대체 도무탄과 소연풍은 언제 이토록 가까운 거리에서 서로 마주보고 서 있게 된 것일까.

더구나 두 사람은 비슷한 키에 서로를 뚫어지게 주시하고 있는데, 소연풍은 어느새 방갓까지 뒤로 완전히 젖힌 진지한 표정이다.

"나는 형씨가 마음에 드오. 우리 친구가 되지 않겠소?"

도무탄의 마치 처음인 것 같은 두 번째 제의에 소연풍은 금세 대답하지 않고 잠시 뜸을 들이다가 고개를 끄떡였다.

"그럽시다. 나도 형씨가 마음에 들었소."

"반갑소. 나는 도무탄이오."

"나는 소연풍이오."

처척!

"소 형!"

"도 형!"

두 사람은 형형한 눈빛을 교환하면서 서로의 두 손을 덥석 잡으며 힘차게 불렀다.

두 사람은 굳게 잡은 손을 한동안 놓지 않고 서로를 뜨겁게 응시했다.

여기까지는 장난처럼 흘러왔으나 그것을 장난처럼 여기는 사람은 아무도 없다.

도무탄을 누구보다 잘 알고 있는 사람들은 그가 단지 이 난관을 벗어나려는 미봉책으로 소연풍을 친구로 삼으려는 것이 아님을 잘 알고 있다.

또한 무적검룡 소연풍 정도의 절정고수이며 괴팍한 인물이 칠성검 한 자루 때문에 도무탄을 친구로 맞이하려는 것이 아니라는 것쯤은 모두들 짐작하고도 남음이 있다.

소연풍은 도무탄의 손을 잡은 손에 더욱 힘을 주면서 흡족한 미소를 지었다.

'허허… 나 소연풍이 괴물 친구를 얻었군.'

격정 때문인지 도무탄의 목과 이마에 힘줄이 불거졌으며 시뻘건 얼굴에서는 비 오듯이 땀방울이 흘러내렸다.

보다 못한 녹상이 소연풍에게 한마디 했다.

"소씨 오빠. 그만 우리 오빠 손을 놔줘. 너무 세게 잡아서 오빠 목과 얼굴에 핏줄 터지겠어."

"어… 엇! 그런가?"

소연풍이 움찔 놀라 손을 놔주자 도무탄은 크게 한숨을 내쉬며 애써 웃었다.

"아… 하하하! 소 형 팔 힘이 세군. 그래."

그는 아픈 손목을 주무르면서도 얼굴은 연신 벙글거렸다. 그러면서도 칠성검을 잊지 않았다.

"내 소 형과 친구가 된 기념으로 약소한 선물을 하나 하고 싶소."

"그게 무엇이오?"

"내가 아끼던 검이오."

"검?"

소연풍은 마치 처음 듣는 것처럼 의아한 표정을 지었다.

"궁효."

도무탄의 부름에 궁효가 재빨리 달려와서 깊숙이 허리를 굽혔다.

"하명하십시오, 대형."

"가서 검을 가져와라."

"알겠습니다."

궁효가 즉시 대전 입구로 달려가는 것을 보고 도무탄이 꾸짖었다.

"밥통! 무슨 검인지 모르잖느냐!"

여태껏 칠성검이라고 그렇게 떠들어서 이곳에 있는 모든

사람의 귀에 못이 배긴 상황이다.

"아! 그렇군요."

궁효는 달리기를 멈추고 뒤돌아섰다.

"대형, 어떤 검을 가져올까요?"

녹상은 '놀고 있네' 라는 말이 목구멍까지 치밀어 오르는 것을 겨우 참았다.

"음. 금창의 칠성검이다. 속히 가져와라."

"알겠습니다."

궁효가 대전 밖으로 달려 나가는 것을 지켜보던 소연풍이 슬쩍 미간을 좁히며 도무탄에게 말했다.

"도 형, 저 친구를 보내도 괜찮겠소?'

"무슨 말이오?"

"칠성검인데 하오문이 가지러 가는 것은… ."

산예문의 문주 따위가 칠성검을 가지러 가는 것은 위험하지 않겠느냐는 뜻이다.

도무탄은 빙그레 미소 지었다.

"이곳 태원성에서는 저 친구가 무적검룡이오."

"아… 그렇군."

소연풍은 이해했다는 듯 고개를 끄떡였다.

이윽고 도무탄은 오래 기다리고 있는 지공과 정공을 향해 천천히 돌아섰다.

“나는 이제부터 새로 사귄 친구와 술을 마시고 싶은데 두 분 불사께선 내게 용무가 있으신 게요?”

지공은 꽤 오래 기다렸으며 또 도무탄과 소연풍이 친구가 되는 과정을 쭉 지켜봤지만 처음이나 다름없이 엄숙한 표정으로 입을 열었다.

“빈승은 한 가지 사실을 확인하고 싶소.”

“무엇이오?”

그렇게 묻는 도무탄 옆에 소연풍이 담담한 표정으로 팔짱을 끼고 나란히 섰다.

지공은 소연풍을 한 번 보더니 다시 시선을 도무탄에게 주며 말했다.

“독고 여시주 말로는 도 시주가 독고 여시주의 가슴을 주먹으로 가격해서 심각한 중상을 입혔었다고 하던데 그게 사실이오?”

“그렇소.”

도무탄이 부인하지 않자 지공의 표정이 더욱 엄숙해지고 눈빛은 예리하게 빛났다.

“무슨 수법을 전개했소?”

지공은 아까 소연풍이 물었던 것과 같은 질문을 했다.

“아까도 말했듯이 죽기 살기로 미친 듯이 버둥거리다가 우연히 그녀의 가슴에 적중된 것이었소.”

지공은 아까 소연풍이 도무탄의 손목을 잡고 약간의 진기를 주입하자 그가 입으로는 핏덩이를 쏟아내고 코로도 피를 쏟았던 것을 잘 기억하고 있다.

누가 보더라도 그것은 도무탄이 공력이 없다는 것, 즉 무공을 모른다는 뜻이다.

그렇다면 도무탄과 독고지연 둘 중에 한 사람이 거짓말을 했다는 것이다.

지공은 독고지연을 쳐다보았다.

"독고 여시주."

독고지연은 지공이 무슨 말을 하려는지 짐작하고 도무탄과 소연풍 사이로 다가오면서 옥음을 발했다.

"내가 이 작자에게 가슴에 일격을 당해서 도망치다가 산속에서 죽어가고 있는 것을 풍 가가께서 구해주셨지요."

"그렇소. 내가 발견했을 때 연 매는 거의 죽어가고 있었는데 갈비뼈 여덟 개가 부러졌으며 파열된 내장과 장기들이 썩고 있었소."

도무탄은 이쯤에서 결말을 내야겠다고 생각했다.

"사실은 이것 때문이오."

슥—

그는 조금 전에 소연풍이 잡았던 왼손을 내밀었다.

지공과 정공 등 모든 사람의 시선이 도무탄의 왼손에 집중

되었다.

스슥—

도무탄은 왼손에 꼈던 장갑을 벗어서 지공과 정공에게 흔들어보였다.

"이것은 서백리에서 나는 쇄명강이라는 것으로 만든 특수한 장갑이오."

"음, 쇄명강이라는 말은 들어본 적이 있소."

소연풍이 아는 체를 했다.

스슥—

도무탄은 다시 장갑을 왼손에 꼈다.

"나는 무공을 익힌 적이 없지만 이 장갑을 끼면 상황이 달라지게 되오."

이어서 그는 한쪽 무릎을 꿇더니 단단한 돌바닥을 향해 왼주먹을 힘껏 뻗었다.

퍽!

순간 그의 왼손이 손목까지 돌바닥 속으로 푹 박혀 버렸다.

"오……."

정공과 독고지연 등이 낮은 탄성을 흘렸다.

도무탄은 돌바닥에서 왼손을 빼고 일어서며 다시 왼손을 보여주었다.

"나는 평소에 이 장갑을 끼고 있소. 물론 그 당시에도 끼고 있었소."

그는 어느새 자신과 소연풍 사이에 서 있는 독고지연을 보며 설명을 이었다.

"그 당시에 나와 저 아이가 나란히 앉아 있는데 이 계집년이 검을 휘둘러서 우릴 단칼에 죽이려고 했었소."

독고지연은 도무탄이 말끝마다 자신을 계집이니 이년 저년 하는 게 듣기 싫었으나 지금은 잠자코 있었다.

사람들은 도무탄이 손으로 가리킨 녹상을 쳐다보았다. 그들은 그 당시에 도무탄이 정사를 한 여자가 녹상이었다는 사실을 알게 되었다.

다른 여자들 같으면 부끄러워할 텐데 녹상은 추호도 그런 생각이 들지 않았다.

"바로 그때 내 수하 한 명이 뒤에서 이 계집년을 공격했고, 이년이 내 수하를 죽일 때 나와 저 아이가 동시에 공격을 했소. 그랬다가 쇄명강 장갑을 낀 내 주먹이 이년 가슴에 정통으로 적중됐던 것이오."

그 당시에 독고지연을 뒤에서 공격했던 사람이 바로 막태였었다.

그리고 도무탄의 설명을 들으면서 막야와 막사는 그때의 광경이 눈앞에 그려지는 듯한 착각을 느꼈다.

지공과 정공은 더 이상 도무탄을 의심할 구석이 없다는 사실을 깨달았다.

사실 정공은 도무탄이 방현립과 그의 아들들 머리를 으깬 수법이 어쩌면 천신권의 권혼일지도 모른다는 추측을 하게 됐었다.

그랬다가 독고지연의 말을 듣고는 도무탄이 권혼을 얻은 것이 틀림없다고 확신했었다.

그런데 이제 보니 권혼이 아니라 쇄명강이라는 쇠로 만든 장갑의 힘이었다.

"아미타불… 도 시주의 충실한 도움에 감사드리오. 빈승들은 그만 물러가겠소."

지공과 정공은 정중하게 예를 취하고 몸을 돌렸다.

"그런데 내가 여기에 있는 것은 어떻게 알았소?"

도무탄이 궁금하게 여기던 것을 묻자 지공이 대답했다.

"산예문주의 뒤를 밟았소."

"그랬었군."

대전 입구 가까이 가던 정공이 몸을 돌리더니 고개를 갸웃거리면서 물었다.

"빈승도 한 가지 궁금한 게 있소이다."

"뭐요?"

"한때 도 시주의 연인이었던 방아미 여시주는 아무리 찾아도 없던데 어떻게 되었소?"

도무탄은 사람 좋은 부드러운 미소를 빙그레 지어 보였다.

“산 채로 자루에 돌과 함께 넣어서 얼음을 깨고 내가 직접 강물 속에 밀어 넣었소이다.”

말끝에 도무탄의 시선이 자신에게 향하자 독고지연은 얼른 시선을 외면했다.

그 순간 그녀는 자신이 자루에 담겨서 얼음 아래 차디찬 강물 속으로 던져지는 상상을 하고 오싹 몸을 떨었다.

『등룡기』 3권에 계속…